大学デビューに失敗したぼっち、魔境に生息す。

清水

TOブックス

Bocchi failed his debut in college, lives in demonic world.

イラスト：よー清水
キャラクターデザイン協力：サーディン缶
デザイン：福田　功

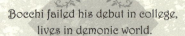

CONTENTS

プロローグ

大学の帰り道、やけに綺麗なコスプレイヤーがいるなと思って見ていた。

エキゾチックな褐色の肌、後ろで一括りに結わえただけの長い銀髪。高く筋の通った綺麗な鼻、目は大きく、カラコンでも入れているのか瞳は赤い。スラリとのびた手足に、男の目を惹き付ける胸と尻の膨らみ。

その人の着ているものはちょっとした薄い布に革鎧とブーツ。弓矢を肩に提げている。おまけに耳も尖っていた。ファンタジー作品にはありがちなダークエルフという出で立ちだった。

「もしかして何か撮影中なのかな……」

アニメや漫画が好きな俺はことさらに目が離せなくなってしまっていた。

街中だったこともあり、周囲の人たちからも次第に注目を集めていった。

「……今日どっかでコスプレイベントとかあったっけ？」

「てか、あの人ちょー綺麗。スタイルすっごーい」

「モデルさん？　てか、何人だよ？」

「一人ガチコスプレとかハート強すぎだろ（笑）」

口々に囁かれる嘲笑とも尊敬とも取れる笑い声と視線。それと比例してダークエルフのような格好をしたコスプレイヤーの挙動は少しずつおかしくなっていった。

それまでは物珍しげに周囲をキョロキョロしていたのが、次第に周りを警戒するように距離を取り始めて、なにやらブツブツと独り言を言っているようだ。

そんな彼女の反応にさらに周囲は面白がる。中にはスマホで撮影し始める人も出てきていた。

『vna:bh:f　ma]eorjba]flm　]apgobja;krvp.gksnbfgj!!!!!』

途端、目を吊り上げ怒気をあらわに、肩にかけていた弓矢を構え、意味のわからない言葉を周囲に吐き出し始めた。

そこでようやくギャラリーは彼女の異常性に気付き始めた。

弓矢を向けられ軽い悲鳴をあげる者、さらに煽る者、遠巻きに輪を描くようにコスプレイヤーを囲み、さらに悪ノリに発展しかけたところで警察が駆けつけてくれた。

遠くからだったので、一体なにを話していたのかはわからないが、最終的には駆けつけた警察官とさらに増援であらわれた人数、しめて十数人ほどでの大捕物となった。

そのニュースは地元のローカル局でのみ軽く放送されるにいたったが、一人の外国人コスプレイヤーが起こした騒動として片付けられる。

それから半年がたった。

日本全国、いや世界中で発見される本格的なコスプレイヤーたち、いや、もうこの言い方は正しくない。コスプレしているわけではないのが判明しているのだから。

最初に現れたダークエルフのような女性の耳は本物だった。

その後に現れた身長百五十センチ足らずのガタイのいい髭面《ひげづら》のオッサン集団に、子供のような見た目の青年。動物の耳やシッポを付けた人種や美男美女揃いのエルフも各地で続々と発見されている。

いまだに各国のニュース番組では所在不明の外国人として扱われているが、日本のとある地域には多くいる、その道の専門家達は口を揃えてこう言い始めた。

「「「異世界転移ヒャッフ～！！！」」」

そこから日本のオタクどもの行動は早かった。というより異常なまでの団結力だった。

異世界人に関する情報を徹底して明かさない政府機関に業を煮やし、まずは異世界人の目撃証言とネットでの情報収集から予測される転移位置の割り出しと張り込み。頭のお堅い役人達には思いつかない発想や、二次元好きならではの着眼点からそれなりの成果を叩きだしていた。

そして満場一致で決まった異世界人保護対策のマニュアルがアングラで全世界に周知された。

凄まじい熱意がネット上では溢《あふ》れ返っていた。インターネットの某掲示板がここまで意志統一をされたのは、俺が知る中でも始めてのことだろう。一種の歴史的快挙とも言える。

まあ、それはさておき。

次第に都心には深めのフードを被ったような人たちが、ちらほらと見かけられるようになってくる。時期でもないのにニットキャップを被っていたり、マフラーで顔を深く隠していたり。

そしてそれと同時に行われているのが、日本各地に広がるコスプレイヤーの爆発的な増加だった。イベントがあるわけでもないのに、ケモミミをつけてのデートや、通勤途中のサラリーマンは尻尾アクセをつけていたり、革鎧のようなものとド派手なウィッグをつけて街を闊歩する異様な集団などが日常的に見られるようになる。尖った耳のコスプレグッズが大ヒット商品になっていた。

そう、ネットで広がったオタクどもの異世界人保護対策の一環である。

政府に見つかるよりも前に接触できた異世界人を守るための、衣食住の支援。

また、周囲をコスプレイヤー達で埋め尽くすことで、異世界人自体を目立たなくしてしまおう。それに伴い転移してきたばかりの異世界人達にできるだけ安心してもらおう。という、なんともお粗末で心優しい対策だった。

浅慮に見えたこの対策だが、これが意外にも功を奏した。警察や政府の人たちはコスプレか本物か、自信を持って見抜けなくなってしまったのだ。

さすがは変態国家日本である。オタクであればあるほど、そのコスプレの精度は群を抜いていた。

ただ、何人かは異世界人との接触に失敗して手痛い攻撃を受けてしまい病院送りになったものもいて、ニュースで問題になりもした。

それでも、オタクどものパッションは色褪せなかった。むしろ攻撃を受けたやつは交渉術に愛と熱意が足りなかったと手痛いバッシングを受ける始末。

基本的には、相手に無駄な警戒心を抱かせないように丸腰アピールでの接触を徹底。中には全裸こそがピースフルな対応だという猛者もいたが、それはベクトルの違う変態でしかないということで下火になっていった。

結局は身振り手振りでの根気強い交渉に、分かりやすい食料の提供、これらによって素直に心を開いてくれる異世界人も多かった。彼らも突如知らない土地へ放り込まれ不安だったのだろう。

なにより、彼らを保護することに成功した同士達からの情報で、挨拶《あいさつ》やある程度簡単な言語なら教わることができたのだ。この辺の柔軟性や吸収力は日本国民ならではとも言えるだろう。

一人暮らしで余裕のあるものは部屋で匿《かくま》い、実家で暮らしている者は近くの倉庫や近所の廃工場などをあてがい、少し都心から離れた者は山の中にテントや支援物資を渡すことで、思い思いに彼らと交流を取っていた、そして集まる異世界人たちの知識と情報。

情報規制がされているため政府がどこまで掴んでいるのかはわからない。

オタク達が情報のやり取りをしている掲示板はいくつも強制的に閉鎖され、そしてそれ以上の掲示板が新しく作られるというイタチごっこがはじまっていた。

そんな状況の中、彼らはアルニアという世界からきた他種族という認識が今や定着していた。

ファンタジーには欠かせない存在であるエルフにドワーフ、小人族に獣人、巨人族など、アルニアには人族含め様々な種族が混在して生活しているらしい。

そしてこちらに来た経緯を聞いてみると、外を歩いていると突如深い霧に覆われ、そう思ったらいつの間にかこちらに来ていたということで一貫していた。彼らにも事情がよくわかっていないようだ。ここまでは、まあテンプレとも言える情報なのだが、やはり世のオタク達が真っ先に知りたいのは『魔法』の有無。

アルニア人たちとの交流が進んでいく中、徐々にその情報も集まってきた、やはりというかなんというか、エルフたちは当然のごとく魔法を使えた。

他の種族も得意不得意はあったが使えるようだ。ただし元の世界にいた頃と比べてかなり弱々しいとのことだった。

地球には大気に含まれる魔力が圧倒的に少なく、体内に取り込みづらいとのこと。ただし、わりかし早めに来ていた者が言うには、徐々にではあるが大気の魔力濃度は濃くなってきているらしい。多分ではあるが、自分たちから発せられる魔力やアルニアから一緒に流れ込んできている分があるのでは、とのことだ。日に日にアルニアからの転移者は増えていっている。

実際に見せてもらうと、指先に直径数センチの火の玉を作ったり、バケツ一杯分の水を出したりという程度ではあったが、動画配信をもって世界中で知られることになる。魔法は確かに存在した。この〝地球〟上でも。

この情報を得てオタクどもは躍起になった。称号としての『魔法使い』ではなく〝本物〟の魔法使いになれるかもしれないのだ。

「仕事も金もないが時間だけはある」と豪語して昼夜を問わずに訓練しまくった結果、とうとう一人のオタクが達成した。手のひらに光を浮かべることを。

その日はネットを通じて世界中のオタク達が熱狂した。

これまでは政府の目を盗んでまで異世界人と交流しようという熱心な活動は、日本がぶっちぎりで多く、海外は細々というのが実情ではあった。

だが、これを機に世界中で異世界人保護対策がヒートアップしていく。奇抜な格好をしたコスプレイヤーの増加に加え、街中でブツブツと呪文をとなえているような者たちが大量発生することになる。

今年の春、婆《ばあ》ちゃんが入院した。

色々と小難しい説明をお医者さんに聞かされたけど、あまり頭には入ってこなかった。

大事なのはもう余命が幾ばくも無いという事だった。

「もう十分長生きしたからねぇ、そろそろお祖父《じい》さんの所に遊びにいこうかねぇ」

そう言ってお婆ちゃんはヤツれた顔を綻《ほころ》ばせていた。

両親は子供の頃に事故で亡くなっていて、物心つく頃には田舎のお婆ちゃんに引き取られ、育ててもらっていた。

その中で婆ちゃんとの二人暮らしだと、何かと手伝いをするのが当然だった。掃除に洗濯に家事、そして庭にある大きくはないけど畑の仕事。まだ幼かったとはいえ、チャカチャカと動き回る俺をいつもお婆ちゃんは嬉しそうに褒《ほ》めてくれていた。それがまた、俺も嬉しかった。

そんな二人での生活が当たり前だったからか、小さい頃は同年代の友達と遊ぶようなことが少なかったように思う。また、外で元気に遊びまわっているよりも、学校の図書館で植物や動物の図鑑を眺めたり、飼育小屋の小動物達と戯れていることの方が好きだったことも原因だろうね。

小学校まではまだ良かったが、中学高校とあがって行くにつれ、周囲と自分との違いはより顕著になってきた。まぁわかりやすく言うと、オタク度が増してぼっちレベルがぐんぐんと伸びていった。

俺はそれでも全然構わなかったんだけど、誰よりも心配していたのはお婆ちゃんだった。

「レン、そんな本ばっかり読んでないでたまには友達と遊びに行かんかね？　ちょっとやったらお婆ちゃんお小遣い出したげるよ？」

「レン、クリスマスやけど、お友達呼んでパーティせんかね？　お婆ちゃんご馳走いっぱい作るよ？」

「レン、誕生日やけど今年はお友達呼んでみんかね？　お寿司とったげるよ？」

そんな今時の若者感覚ではちょっとずれた気遣いを、俺は苦笑いしながらなんやかやと言い訳をつけてかわしていた。

俺が高校の卒業を控えて、やることもなくずっと家でガーデニングやオタク活動に精を出しているのを見てからは、本気で心配そうだった。

そこでそんなお婆ちゃんを安心させるために、俺は春から進学する都内の大学では、一人暮らしを始めるのと同時にちょっと自分の趣向を変えてみようかと考えた。

いわゆる〝大学デビュー〟をしてみようと思う。

まずは軽くバイトをして、そのお金で髪の色を明るくしてみたり、右耳にピアスを開けてみたり、服装も雑誌で紹介されていたものを参考に買い集めてみたりなどなど。たまに街中で俺を見てクスクス笑っている人もいたけど、多分気にしすぎだろう。

そんな俺の様子を見て、お婆ちゃんは嬉しそうに笑っていた。「レンの入学式に行くのが楽しみやねぇ」と良く言っていたのを覚えている。

そんな入学を数週間後に控えた時期、お婆ちゃんは倒れてしまった。「畑仕事で頑張りすぎたんだろうねぇ」と青い顔で無理に笑いながら救急車で搬送されていった。

そして入院してから一ヶ月後、お婆ちゃんは息を引き取った。

辛い出来事だったが、良い年齢だったので、覚悟はしていた。また、喪失感にどっぷり浸かっていることができないくらいに身辺整理が大変だった。

お葬式の手配にはじまり、遺品整理や相続手続き、あった事もない親戚とのやりとり、それ以外にも相続ができるまではバイトで生活費を稼がなくてはいけない。

やることは沢山あり、とても大学に通えるような状況ではなかった。

気がつくと、入学してから半年が経過していた。

大学の食堂では、周囲がサークルやら何やらで楽しそうにしている中で、相変わらずぼっちな俺は周囲の邪魔にならないよう片隅で静かに食事をしていた。

緑小人《みどりこびと》①

「うーーーん、こいつは何なんだろうな？」

目の前には俺が丹精込めて育てていた観葉植物が、酒を飲んで酔いつぶれていた。

うん、俺自身かなり混乱しているようだ。観葉植物が酔いつぶれているなんて、なにを世迷言を……あぁ、これは多分俺が泥酔しているのだろうね？

あれ、でも全然頭クリアなんだけど……。ていうか、結局一口も飲んでないんだけど……。

「とりあえず、ちょっと順序だてて整理してみよう」

去年、大学デビューに失敗した俺は…………。うん、ここまで遡《さかのぼ》るのはやめよう。悲しくなる。

とりあえず、友達もいないし大学生で時間だけはあるし、オタクだしで、猛特訓の末一年前からできるようになった水魔法で趣味の観葉植物に水やりをしていたんだ。

ちなみに地方出身者で、大学生ぼっちな俺にはガチで友達がいない。

まあバイト先で話す程度の人はいるけど、遊びにいくような間柄でもないし、なかなかにロンリーでウルウルな毎日を送ってる。

そんな孤独の乗り越え方は、厨二病万歳な娯楽以外では、観葉植物育てたり、色々なペットを育てたりするのが趣味になっている。

あと魔法の修行、なんか使い続けることがとにかく大事らしいし、体に保持できる魔力量や操作の緻密《ちみつ》さなんかも違ってくるらしい。なにより、ファンタジー要素大好物です。

修行がわりというか、最近元気が無くなっていた観葉植物に魔力をちょっと多めに込めた水をやってみた。

効果は覿面《てきめん》だったらしくすっかり元気になって順調に大きくなっていったんだが、ここでちょっと持ち前の好奇心が疼《うず》いてしまった。

——これ、生き物にやってみたらどうなんだろう？

そこで、俺が買っているグリーンイグアナの吾郎ちゃんに魔力を送ってみることにした。水とか餌《えさ》ではなく直接体に。

瞑想《めいそう》だったり、魔力コントロールだったりと、修行を続けていくに連れて、最近ではなんとなく人の魔力量とかが目に見えるようになってきていた。

街中を歩いていても、何か色がついたオーラのようなものが見える感じで、魔力が強い人にはそれだけはっきりと視覚的にも感覚的にも感じる。ネットで調べてみると、魔力の扱いがうまい人にはそういった感知系の能力のようなものが伸びるらしい。

イグアナの吾郎ちゃんなんだが、少しずつ与えていたところ目に見えて魔力を身に纏《まと》い始めてきた。体色もより濃厚な緑になり、目にも知性を感じるようになってきた。たまに俺の言葉を理解しているような気もする。

「吾郎ちゃん……なんてハンサムになったんだっ！」

調子に乗り始めた俺は、カブトムシの近藤くんにカメレオンのサスケさん、それだけに留まらず、近くの倉庫で飼っていた野良な子犬の元助にも惜しみなく魔力を分け与えていっていた。

「いっぱい食べて大きくなるんだよ～」

一ヶ月程それを続けると、皆すくすくと育っている。

最近ではイグアナの吾郎ちゃんは水槽には収まらない元気の良さで、勝手に出てきて部屋中をウロウロしている始末。サイズも三十センチ程だったのが倍くらいになっている。

ちょっとやりすぎた感があり、魔力をやるのを控えようとしたら、円《つぶ》らな瞳でかなり見つめられてしまったので「もう……これきりだからね」と言いながらも結局今も続けている。

今日の昼ごろ、バイトに行く少し前に家を出ていき、元助のもとへ日課の餌やりに行った。

「あれ？　この時間は絶対待ってるのになぁ……」

どこかに遊びに行っているのだろうと、しばらく待っていたのだが帰ってこない。軽く名前を呼びながら周囲を散策していると、決して目にしたくない光景を見つけてしまった。

よくある事ではある。

道路の端にある毛の塊と所々に赤いシミのついた、普段なら目をそらしてやり過ごす物体から、その時は目が離せなかった。

「い、いやいやいや。それは無いでしょう。そんな筈《はず》は無いよな……？」

通り過ぎる車が少し避けていく中、フラフラとその物体に近づいていく。近づくに連れて確信していく。その茶色の毛、大きさ、見慣れた可愛い尻尾。俺の知っている元助だった。

涙は湧いてこない、ただ信じられなかった。

とにかく今はこの子をちゃんとしたところに埋めてやりたい。血にまみれて、半ば潰れた元助の体をそのまま抱き上げた。

周りを歩いている人たちは、「うわぁ」という表情をこちらに向けながらも遠巻きに避けていく。そんな視線を感じながら、とぼとぼと倉庫まで戻ってきた。

近くに転がっていた板切れで、いつも遊んでいた広場の隅に穴を掘る。その時になってようやく涙が流れ出てきた。

元助の体を俺の着ていた上着にくるんで穴に入れようとした時、元助の体の奥に青白くはっきりと光るエネルギーを見つけた。魔力のような感じ方だが、魔力ではない。もっと儚《はかな》げで純粋なエネルギー。無理に掴んだら霧散しそうなほどの脆さを感じる。

——受け取ろう。

元助にとっての大事な最期のモノ。たぶん魂というモノがあるのならこの事を言うんだろう。そう確信じみたものを感じ、手を差しのばす。元助の冷えた体に触れ、さらに意識を奥へと伸ばしていく事で魂に届いた気がした。

するりと手を通して体に入り込んでくるのを感じる。

驚いたが、集中してみると自分のモノとは別にある元助の魂。きっと俺の中に取り込むこともできると感覚的にわかったが、まあとりあえず今は保留だな。先に元助をちゃんと弔《とむら》ってやろう。

「さて、どうしようか？」

部屋のソファーに座り込み、目をつむって自分の中にある二つの魂を見つめている。

一つは自分の、そしてもう一つは元助の。大きさで言えば俺の十分の一にも満たないし、エネルギーの濃さというか強さというのもかなり薄い。

ちなみに、家に帰ってきてから気づいたが、元助の魂を一度知覚したせいか、集中する事で吾郎ちゃんや近藤くんにサスケさんの魂も同じように見えることがわかった。

ネット上でしばらく探してみても、魂のような物を知覚できるという情報は、どこぞの宗教団体のＨＰくらいしかなかった。それも俺が感じているようなハッキリとしたものではなく抽象的なもの。アテにはならないな。

「取り込むのもありなんだけど……さすがにちょっと怖いよねぇ」

吾郎ちゃん達に試してみるのもやや抵抗がある。

そう考えている時に目に入ったのが観葉植物だった。いつもの熱心な世話のおかげで、うっすらと魔力が通っているのはわかるが、吾郎ちゃんたちのように魂は感じられない。

自分の魂から、ほんの少しだけ元助の魂に流し込んでみた。魂の色が気持ち濃くなってきた。

「お⁉　おぉぉぉっ！」面白くなりどんどん流し込んでいってみる。

徐々に色合いがハッキリとしてきた。透き通った薄い水色が、青に近づいていく。それと同時に自分の力が衰えていく事を如実に感じ始めてきた。疲労や筋力低下、魔力の減少、なにより生き物として大事な何かが減っているという取り返しのつかない恐怖感。

すぐに止めたが、自分の生命力が目に見えて落ちている。鼓動が激しく、呼吸も荒くなっている。

「はぁはぁはぁはぁ、や、ヤバい、これはダメなヤツだ……」

逆に元助の魂は最初よりかなり大きくなり、ハッキリとした力に満ちていた。

あわてて元助の魂を自分の中に流し込んでいく。特に異常はなく、自分のもとへ戻っていく。全てを取り込み終わったら、最初の元助の魂と同じくらいの量だけを取り出してみた。

「なるほど、……なんとなくわかってきたな」

かなり自由度はあるらしい。

当初の予定どおり、観葉植物に取り込ませてみよう。

取り出していた魂を観賞植物に流し込んでいく、植物の小人みたいになったら面白いなあと能天気にイメージしながら。


結果から言おう、ハッキリと動き出した。しかも予想をはるかに超えた状態で。

まず、魂を取り込ませて一時間ほどたったあたりで、植物の幹の部分が太く成長していった。幹だけで直径十センチほどの太さと十五センチほどの高さに落ち着く。

俺はというと、あまりの急激な変化に開いた口がふさがらない。

次に起こった事は、枝葉が少しずつ収縮していき二本の均等な腕になり、先が指のように枝別れしていった。頭頂部は丸く膨らんでいき、少し大きなオレンジサイズに落ち着いた、天辺からは葉が何枚かと蔓《つる》が数本垂れていて帽子と髪のようになっている。

さらに、鉢の中の土がもごもごと蠢《うごめ》き始め、土が外にこぼれ出す。

動きが止まったと思えば、ソレは出来たばかりの両腕？　を鉢の端に抑えて力ずくで土から抜け出した。

現れたのは根が集合してできたような二本の足だった！

ヨタヨタと台の上をおぼつかなく歩く。時折躓《つまず》くことはあっても無事歩くことができてきた。

生まれたばかりの子馬を見るような感覚でなんとなく涙ぐんでいると、台の端から落ちそうになったので咄嗟《とっさ》に抱きかかえる。

その瞬間、ソレの顔に目が二つパッチリと開いた。

「うわー!?」

驚いてつい手を離しそうになったが、慌てて抱き直す。

すると、その不思議な生き物は顔の半分を埋めるくらいの大きな目でこちらをじーっと見つめてくる。特に暴れもせずにギュッと俺の服を掴んでいる姿が妙に愛くるしかった。

ふと気づいたが、足が泥だらけだったこともあり、服が汚れていた。

流しまでいって冷たすぎない程度のぬるま湯で少しずつ足を揉み洗ってやると、気持ちよさそうに目を細めていた。

とりあえずテーブルの上にソイツをのせて、まじまじと観察をしてみる。

「水は……飲む、よな?」

見るからに植物感マックスだったため、コップに水を入れて目の前においてやると頭の蔓を伸ばしてコップに入れていた。たぶん、ああやって飲んでいるんだろう。

満足するまで水を飲んだあと、今はテーブルの上に積まれた本を背もたれに座り込んで、こちらを興味深々に眺めている。

沈黙に耐えかねて試しに指でお腹あたりをコチョグってみた。

「ていっ、ほらほらどうだー？　ははははは」

最初はびっくりしていたが、すぐに体を悶えさせて笑いころげている。すぐに手を離すと期待に満ちた目で見つめてくる。またこちょばかす。キャラキャラ笑って本当に楽しそう。やめるとすぐに手に抱きついてきた。『もっとしてー』とせがんでいるようだった。

「うん、いたって無害。てかチョー可愛い」

しばらく遊んでいると、様子見していた吾郎ちゃんが近寄ってきた。緑小人は瞬時にビクつき、急いで俺の腕に抱きついてくる。顔は今にも泣きそうになって、全身プルプルさせている。

「大丈夫大丈夫。こいつは吾郎ちゃんっていう俺のルームメイトだよ。ちょっと無愛想だけどね」

怯える緑小人を肩に載せ、五郎ちゃんを胸に抱く。

——おおふっ、さすがに六十センチサイズになると重いな。

五郎ちゃんの体をゆっくりと撫でてやっていると気持ちよさそうに目を閉じている。

しばらくそれを続けていると、頭に寄り添って恐る恐ると眺めていた緑小人も、徐々に興味を示してきたようだ。

そろりそろりと頭から蔓を伸ばしている。

「そうそう、優しく優しくね。てかその蔓、チョー便利そうだね」

緑小人が恐る恐るツンとつついてみると、五郎ちゃんが静かに目を開けて見つめ返してきた。そしてまた気にせずまた目を瞑る。そのリアクションで安心したのか、今度はそっと手をのばし撫で始めた。


三十分後、五郎ちゃんの背に乗って楽しそうにはしゃいでいる緑小人がいた。

そこで安心した俺は、冷蔵庫からビールをとりだし蓋《ふた》を開けた。どうやら振られていたようで、缶から泡が溢れ出し床に少しこぼれてしまった。軽く舌打ちをして、風呂場へタオルを取りに行って戻ってみると、緑小人が蔓を伸ばして吸っていた。

俺に気づき、初めての感覚に胸を躍らせている、そんな期待に満ちた目で見上げてきていた。

「へぇ、お酒いける口なんだ……」

そして、冒頭にもどる。

バイト先には体調不良を理由に休むと連絡しておいた。

緑小人②

緑小人が生まれてから一週間がたった。

今では我が家の一員としてしっかりと定着している。吾郎ちゃんだけでなく、近藤くんやサスケさんとも打ち解けているようでなによりである。名前はモンテと名付けた。元になった観葉植物の名前をもじったものだ。

さて、ここで緑小人の生態を少しまとめて見ようと思う。

まずモンテの食生活だが、基本は水と魔力と日光浴、この三つがあれば問題ないらしい。どれも自己調達可とのこと。手間いらずだね。

うちの出窓にはいつもコップに水を入れておき、その横には軽いクッションを用意して、既に彼の特等席となっている。

体の大きさは今のところ変化はない、植物と同じなら一週間くらいでは目に見えた変化はないんだろう。

日光浴が終われば、以前自分がいた鉢植えの手入れを小まめにやっている。

初日、何も植わっていないので土を捨てようとしたところ必死で抵抗されてしまった。どうやら寝る時のベッド代わりになるらしいが、それだと毎回泥だらけなので朝起きたら必ずぬるま湯で洗ってあげている。その時の緩みきった姿を見ている限り、彼にとってその時間は至福らしい。

その他の観葉植物や、バルコニーにあるガーデニングスペースもモンテには大事な場所らしい。

水やりも含めて、一生懸命面倒を見てくれている。小さい体ながらも魔力はそれなりにあるようなので、他の植物にも分け与えている。そのおかげもあってベランダの植物たちの成長が著しく良くなっている。

ちなみに趣味のガーデニングのために、ルーフバルコニー付の部屋を奮発して借りているため、スペースにはあまり困っていない。

この前、新しく家庭菜園をしようとプランターを用意して種を植えようとしたのだが、モンテに止められてしまった。どうやら自分で何かを育てたいらしい。

モンテには自分の魂を使ったからなのか、コイツの伝えたいことはなんとなくわかるようになっている。まあ、何を植えるかは知らないが任せてみよう。

三日後にはそのプランターから三つの芽が出てきた。さらに一週間後には双葉が生えてきていた。

明け方、寝ている俺の顔をペシペシと必死に叩いてくる存在があった。

不機嫌に目を開けると、胸の上にのったモンテがしきりにベランダの方を指差している。どうやらベランダで何かあったらしい。焦りだけが伝わってきていまいち要領を得ない。

「………ぇぇ？　もう、ちょっと良くわかんないけどベランダに行けば良いんだね？」

とりあえず、あくびを盛大にしながらカーテンを開いてみると、ちっちゃな泥だらけの緑小人が三人ベランダを走り回っていた。それはもう楽しそうに飛び跳ねている。

「モ、モンテが、増えてる⁉」

窓を開けると、モンテが外に出て行き何やら一生懸命話しているようだ。

すると、三匹の緑小人たちは泥だらけのまま、部屋に駆け込んできた。床に散らばる泥と小石。漏れ出る俺のため息。それを見てモンテが大急ぎで緑小人達を追いかけ回していた。

眷属図鑑

モンテ(緑小人)

観葉植物を元に作られた眷属。ぬるま湯で体を洗ってもらうのが大好き。増えた緑小人仲間を統率する。

全員の体をぬるま湯で洗ってやり、コップに水を入れてやると大人しく蔓を伸ばして飲んでいる。サイズはモンテの半分位だろうか。いかにも赤ちゃんという感じがするな。

やっと落ち着いてきた緑小人達を尻目に、モンテと詳しくやり取りしてみると、どうやら緑小人は自分の種を植えることで繁殖できるらしい。

それには結構な魔力を要するのだが毎日俺がおやつ代わりに魔力を与えていたおかげで今回は三個まとめて種ができたとのこと。

じっと緑小人を見つめてみると本当に小さくではあるが、ちゃんと魂が目に見えている。そこでようやく気づいた。俺はいつの間にか一種族を作り出していたらしい。

魔物被害

それから三ヶ月が過ぎていった。

俺は緑小人達が楽しそうに走り回る家の畑を眺めていた。

以前住んでいたマンションは立地や間取りもよくすこぶる快適だったのだが、いかんせん今の住人達には狭すぎた。

あれから緑小人たちは成長と増殖を続け、今や総勢二十二人。サイズの方も気持ち大きくなっており、モンテで三十センチもない位、その他でだいたい一、二十センチくらいの個体差はあるだろう。なにより、五郎ちゃんなんかは一メートルの大台に乗っているし、今まであまり触れなかったが、近藤くんはいつのまにかツノがもう一本増えて、サイズも当初の倍以上。小さな緑小人が一人跨《またが》って遊んでいるほどだ。サスケさんも四、五十センチの体に加え、擬態《ぎたい》の精度がかなり上がっている。ここしばらくは姿を見ていない。

そんな住人たちを養うには以前のマンションでは無理だったため、先月とうとう引っ越すことにした。

大学までの通学には片道二時間以上かかり、周囲には広い畑がたくさん見えるかなり長閑《のどか》な田舎町。隣近所まで数百メートルは離れており、騒音を気にする必要もない。

家賃は都心と比べて格段に安く、今は広い庭付きの古民家を贅沢に借りている。ちゃんと塀もしっかりしていて、外から見えないのも高ポイントだ。ウチには若干隠し事が多いからね。

それまでのバイトもやめて、新しく近所のスーパーで働いている。傷んだ食材やお弁当をただでもらえるのもお財布に優しいよね。

緑小人たちは十分な広さの畑で土いじりを満喫し、吾郎ちゃんはちょっとした恐竜のようにのっそのっそと緑小人達を背に乗せて歩き回っている。

近藤くんはそこらの木にしがみついて蜜を堪能しているようだ。サスケさんは……変わらず謎。そんなまったりとした日々を楽しんでいた。


それは東欧にある牧場で起こった事件だった。

牧場主の夫妻に息子夫婦、そしてまだ七歳になる小さな男の子の五人家族での牧場経営。広い牧場には、多くの牛たちがのんびりと草を食んでいる。

家の前の庭では奥さんが洗濯物を干し、子供が犬と一緒に戯れている。家の中では老婦人が食事の準備をし、夫たちは牛舎の中で掃除に身重の牛の世話とやることはいくらでもあった。それは都会で慌ただしく生きるビジネスマンが見たら、憧れるような田舎暮らしであっただろう。

牧場主の息子は、夜中に目を冷ました。

牛舎の方から牛たちの興奮した声と何かが破壊されるような大きな音がしたからだ。家の中からけたたましく犬も吠え続けている。隣に寝ていた妻も起きあがり、不安そうに見つめてきている。

妻はガウンを羽織り、幼い息子の部屋へといき。夫はライフルに弾を込め、明かりを持って外に出ていく。外にはすでに彼の父親も出てきており、無言で頷《うなず》きあい牛舎へと向かう。

牛舎の周囲を慎重に探っていく。隙間から中を覗きつつも、牛たちが興奮している以外は異常はない、若干安心仕掛けたところでそれを見た。

壁に大穴が空いており、その周囲にいたであろう牛たちの姿が無くなっていることに……。そして壁や柵には血が飛び散っていた。

地面を明かりで照らすとプロレスラー並みの大きな男の足跡が見つかった。それは何人もいたようで、牧場の外に続く森の方へと続いていた。

その後、警察がきて事情を聞かれ、現場検証が行われた。

捜索隊を組み、森の方へと入って行ったが、見つかったのは無残に食い散らかされた牛の死骸《しがい》だけであり、警察犬の怯えたような声が響いていた。

その事件はニュース番組でも特集が組まれ、日本人記者も現地での聞き込みや捜索に加わっている映像が流されていた。世論はＵＭＡという面白がった噂話もあるにはあったが、概ねアルニアからの転移者が犯した、初めての血なまぐさい事件ではないかと言われ始める。

だが、その話はすぐにたち消えた。世界各地で保護されている当のアルニア人たちが口を揃えたように、

「「「あれは、オークの仕業だ」」」と証言したからだ。

彼らの話すオークの特徴や習性を、聞けば聞くほど合致している。

オークたちは食欲、性欲旺盛《おうせい》でタフで常人よりもはるかに強い膂力《りょりょく》を持っている。大きさは二メートル強もあり、その数の多さに加えて、数匹での集団行動や群を統率する知性の高さから、アルニアでも厄介な魔物として知られている。

多くのアルニア人と同じく霧の中から転移してきたのだろうとの見解だった。

そしてその事件は、オークたちの下見だとも説明された。味をしめた彼らは、少し時間をおいたら必ずまた襲撃にくる。その時に逃げるのが遅ければ、住人たちは殺され、女を

さらい、彼らの子供を孕《はら》まされるだろう。

事実、数日後オークたちによる再襲撃が行われた。数は六匹で豚を醜悪《しゅうあく》にしたような顔をしており、手には各々西洋の剣や斧を持っていた。体には何の獣かわからない毛皮を羽織り、恐ろしい吠え声をあげて牧場地に襲い掛かってきた。

アルニア人の情報を受け、ライフル銃を装備した警官が四人パトカーで待機しており、音を聞きつけた牧場主とその息子もライフルを持って参加した。

柵を越えてきたとはいえ、まだかなり距離はある。相手の容貌に度肝を抜かれはしたが、比較的落ち着いた様子で狙いをさだめ一斉射撃を食らわしていた。

何発も当たったはずだった。現に体を仰け反らしたり、動きをとめたり、衝撃を受けている反応は確かにあった。それでもオークたちは歩みを止めない。

流石に距離が近くなれば傷を負っている部分も目に見えはじめたが、とてもライフルで受けたような傷ではなかった。また、オークたちの動きは思った以上に素早かった。

あと二十メートルほどの距離と思った時には、ほんの数秒で警官たちを血肉の塊に変え、食らいついていた。

そこまでが、その場にいた取材班が撮影できていた部分だ。

話に聞く限りだと、その後に増援にきた警察が見たものは、あたり一面の血と肉と臓物が撒き散らされた惨状と、また森の方へと続く血と大きな足跡だけだったらしい。

牧場の女子供たちは、念のためにと近くの町にあるモーテルに泊まらせていたのは不幸中の幸いだったようだ。

運良く逃げだせた一人のテレビ局スタッフにより、ある程度編集された状態でテレビやネットにも動画が公開された。もちろん、世界はパニックに陥った。

これが地球で最初の魔物被害になる。この時から続々と世界中で似たような事件が頻発する。

出てくる魔物はオークだけでなく、ゲームの世界では定番のゴブリンやコボルトという存在も発見されはじめていた。

ゴブリンの洗礼

「おはようございまーす」

朝、玄関先から元気のいい挨拶《あいさつ》が聞こえてきた。寝間着姿のまま外にでると、門の前にはセーラー服の下に赤ジャージという田舎の女子高生スタイルをした女の子が手を振って待っていた。家の隣にすむ掛川さん家の一人娘、弥生ちゃんだった。

「あ……おはよう。どうしたの？」

「お母さんが庭で採れた枝豆がいい感じだから持って行きなさいって。レンさんはお酒好きだから喜ぶでしょうって」

「おお！　そりゃ嬉しいねー。ありがたくご馳走になります。おばさんにもお礼言っておいてくれる？」

「はーい。……で、まだ寝てたの？　もう八時だよ。大学まで遠いんでしょ？」

「ああ、今日は昼過ぎからの授業だからね」

「とか言いつつー。レンさんが朝早く起きて学校に行ってるところ見たことないんだけどー」

「ははは、午前中に講義は入れないようにしてるし、出席をがっちり取るようなのも極力避けてるからね。大学生の特権だよ」

「はぁ、いいなー大学生。私もはやくそんな生活したいよ」

「いやいや、俺から見たら高校生の方が眩しいけどね。こんな生活ずっとしてたら心身ともに腐っちゃうから」

その後も門越しに他愛ない世間話をして、弥生ちゃんを見送った。

都心にいた時はこんな近所付き合いは皆無だったし、ましてや今時の女子高生とこんな風に会話できるなんて、贅沢すぎて料金が発生しないか心配になるくらいだ。田舎のラブアンドピース感はすごいな。地球上が全て平和な気がするよね。

弥生ちゃんの家は三人家族で父親の光一さんは農業を営んでいる。母親の美鳥さんとはスーパーのバイトで一緒になっていて、仕事帰りによくビールをダースで買っているところを見られているので、お酒のアテになるような物をたまにおすそ分けしてくれる非常にありがたい存在である。

今日も今日とて、緑小人に今やプチ恐竜と化している吾郎ちゃんと戯れながらも時間を潰し、片道二時間以上の距離を電車に揺られて大学へと向かっていった。

「レンちゃん聞いた？　隣町の事件」

スーパーで品出しを終えてバックヤードに戻っていくと、休憩中の美鳥さんがお茶を飲みながら話しかけてきた。

「事件……ですか？」

「そうそう。出たらしいわよ。魔物被害」

周囲には人がいないのに、なぜか声を抑えて話すのは奥様方の様式美だろう。

「えっ！！！　マジですか⁉　この辺じゃ初めてですよね？」

「初よ〜。もう本当物騒よね。うちの人なんてこの前ネットで護身道具を探してたんだから。思い切って日本刀はどうだって聞いてくるのよ。あんな高い物ダメよねー」

そのまま、話が主人の愚痴に切り替わりそうだったので、軌道修正が必要になった。

「あーそうですねー何十万もしますもんねえ。でも確かに自衛手段は必要でしょうね。で、その隣町の事件ってどんな感じだったんですか？」

「それがねー、おじいちゃんおばあちゃん夫婦の家だったんだけどね。なんか物音がするなと思っておじいちゃんが表に出たら、ちっちゃい人影が鶏小屋を荒らしてたんだって。それでコラァって怒鳴りながら懐中電灯で照らしたら…………鶏を噛《か》み殺して顔中血まみれにした餓鬼みたいな化け物だったっていうのよ。咄嗟にドアに鍵かけてお巡りさんと隣近所の人に連絡したらしいんだけどね。その人たちが駆けつけた時には、もう逃げた後だったんだって。これって最近よくニュースになってるゴブリンとかいうのじゃないかって町中の噂になってるわよー」

「ゴブリンでしょうね。まあでも鶏以外に被害がなくてよかったですねー」

「本当よねー、もう怖いわよね。レンちゃんも気をつけなさいよ、ビールばっかり飲んでないでー、学校もちゃんと行きなさい。弥生から聞いたわよ」

このあとも、しばらく根掘り葉掘りと私生活を問い詰められ、体のいいお茶請け代わりにされ、他のパートのおばちゃんが休憩にくるまで付き合わされた。


「……あ。ビール切らしてるわ」

風呂上がりに冷蔵庫を覗き、漏れた一言。その途端、足にがっしりとしがみつく存在。生まれたその日に酒の味を覚えた、我が家の飲兵衛モンテさんがキラキラした目で俺を見上げていた。

その目は確かにこう言っていた『買いに行こう?』。

モンテをパーカーのフードに放り込み、近所の酒が売っている自販機まで歩いていく。一番近いところでも、徒歩で十分以上はかかるのだが、風呂上がりということもあり自転車は使わず、のんびりと夜風に当たりながらの散歩に繰り出した。

一応緑小人たちには人目は避けろと教えてある。魔物被害のニュースが連日流れていることもあり、ナリは小さくても危険視されて狩られるかもしれない。モンテにも人がいる時はフードの中で小さくうずくまっていろと言ってある。

鼻歌まじりにふらりふらりと歩いていると、夜を切り裂くような悲鳴が聞こえた。甲高い女性の叫び声。すぐ近くにある家は一つしかない、掛川さんの家だ。

モンテをフードから降ろし「家に帰ってろ」と伝えて、急いで走る。

門を開けるのがもどかしく飛び超えて中に入り、玄関のドアに手をかける。鍵がかかっている。激しくドアを叩いても返事はしない。ためらわず裏庭に回ると、綺麗に手入れされている芝の上に横たわる二人の男女。掛川夫妻だった。

そばに駆け寄り体に手をかけたところで気がついた、死んでいる。

体のいたるところを齧《かじ》られ、肉や骨が見えている。おびただしいまでの血が芝生に広がっていた。

また、そのすぐ近くには燻《くす》んだ緑色をした小柄な体、髪のない頭に尖った耳、そして鷲鼻と乱杭歯《らんぐいば》。醜《みにく》いゴブリンが二匹死んでいた。

状況は把握できた。今も家の中から物が壊れる音と魔物の興奮した声が聞こえている。

スマホを取り出し警察に通報をしようとするが、焦って手元が狂っている。

「く、くそっ。何でこんな時に限って!!」

数回パスコードの入力をミスってやっと繋がる。早口で状況を説明して電話を切るが、何せド田舎だ。到着するまでに十五分以上はかかる。

側には血に濡れたスコップが落ちていた。きっと光一さんが使ったのだろう。それを握りしめ、庭から家にそっと上がっていった。

慎重に物音のする方向へいくが、その間にある部屋も確認していく。床が軋《きし》むたびに心臓が跳ね上がるが、そこまで気の回るほど知能の高い魔物じゃないらしい。どうやらゴブリンがいるのはダイニングキッチンのようだ。

スコップを握りしめ、息を殺し、そっと開いているドアの隙間から覗いてみた。

薄暗い部屋の中にうごめく複数の影、目を凝らして見ると三匹のゴブリンが女性に覆い被さり、「グギャ」「ギギャ」と時折愉悦の声をあげながら何かを咀嚼《そしゃく》していた。

その状況を理解した瞬間、頭が沸騰《ふっとう》するかのようだった。

「クソったれがぁあっっ!! おあぁああらぁあっ!!!」

ドアを蹴破り言葉にならない声をあげ、スコップを垂直にして未だに貪っているゴブリンの頭に叩き込む。気落ちの悪い感触が手に伝わり、顔に返り血が付着する。

ゴブリンが驚いているうちに左側にいたもう一匹をスコップの腹で叩きつける。が、そのタイミングで残りの一匹が正面から飛びかかってきていた。

腕をとっさに前に出してガードすると、思い切り噛みつかれ、牙が肉に食い込み血が噴き出した。

「うがぁぁあっ!!」

今まで味わったことのない激痛に悲鳴が止まらない。

そのゴブリンに飛びかかる複数の小さな影が見えた。

緑小人の助けを呼んでくれたらしくモンテもゴブリンに飛びついていた。横を見ると吹き飛ばされたゴブリンにも大勢が襲いかかっている。

「うぅ、ちくしょぉ、血が止まんないっ………」

腕に手を当てがい、呻《うめ》いていると、モンテが床へ叩きつけられたのが目に入った。よく見ると、すでに数人の小人たちが床で倒れているのに気が付いた。

「ふざ、ふざけんなぁぁあ!!」

腕の痛みを忘れ、感情のままに目の前のゴブリンの顔を殴り飛ばした。倒れたところで思い切り体を蹴り飛ばし、蹲《うずくま》るゴブリンの首にスコップの先を合わせ、足で踏み抜き首を切断した。

振り返ると、もう一匹は多くの緑小人に群がられ滅茶苦茶に暴れている。

そのゴブリンの空いている側頭部へフルスイング。水平にしていたことによりスコップの刃先が半ばまで入り、即座に絶命させていた。

「はぁはぁはぁはぁはぁっ、くそっ!」

荒れた息を落ち着かせ周囲を見渡せば、もうゴブリンはいない。だが、床に無残にも転がり、ピクリとも動いていない緑小人が八人はいる。

その光景から目を逸らさずにいると足元に微かな重みを感じた。目をやるとモンテが足に抱きつき、心配そうに俺を見上げていた。

魂の属性

モンテの気遣いで少し気分が落ち着いた。それに、まだ終わっていない。

部屋の隅に目をやれば、未だ動かない横たわる女性の姿。

残酷すぎる現実を直視したくはなかったけど、ちゃんと確認しなきゃいけない。

「ん？」

胸がかすかに動いてる。

「お、おいっ。生きてるのかっ⁉」

即座に駆け寄り、耳を口に近づける。ちゃんと呼吸はしている、だが目はうつろだった。

よほど手酷く扱われたのだろう、アザや腫れ、傷跡など、直視するのをためらうほどだっ

た。そして首元には噛みちぎられたような後があり、大量に血が未だ流れ続けていた

「い、今救急車よぶからっ待っててっ⁉」

だが、立ち上がろうとした俺の腕をがっしりと掴み、はっきりとこちらを見つめてきていた。彼女の口がかすかに動いていた。手を握りなおし、もう一度耳を口元に近づけてみる。聞き取れたのは――

「……こ……まま……で…」

かすれた声でそうつぶやく彼女の目を見返してみると、その目からは次第に光が消えていっていた。

ズタボロにされていた弥生ちゃんの最期を看取り、目を閉じてあげる。近くにあった布団からシーツを剥ぎ取りかぶせた時、無理に抑え込んでいた感情が溢れ出てくるようだった。

「何でっ、こんな事に……。今朝話したばかりじゃないかっ！　この子はこんな死に方をしていいような子じゃないんだっ！　もっと……これから……、なんで…っ……」

お婆ちゃんの死とはまったく違う、魔物による被害、明確な害意を持った殺人。それがたとえただの捕食行為だとしても、いつも笑顔で挨拶をしてなにくれとなく俺の面倒を見ようとしてくれていた若い女の子が、こんな無残な最期をとげることが信じられなかった。

到底受け入れられそうになかった。

そんな時、いつかの元助の時のように彼女の中にある魂が目に入ってきた。しっかりとした強さを感じはするが、今はかなり弱々しい。明かりが明滅を繰り返すように瞬いている。このまま放っておけば、消えていくだろう美しい魂に向かい、悲痛な気持ちを押し込めて、彼女の手を強く握り、胸元に当てた手のひらからそっと意識を伸ばしていく。

触れた魂が、静かに体の中に入ってきたことを感じた。じんわりと暖かく俺の中に入ってくるのを感じる。

すると部屋の中で倒れていた緑小人達の小さな魂が浮かび上がり、俺の周囲を漂い始めた。生きていた時と変わらず、無邪気にじゃれ付いているかのように。この子らの笑い声が聞こえてくるようだった。

涙が頬を伝うのを感じながら手を差し出すと、緑小人八人の魂も流れ込んできた。

そして、弥生ちゃんと緑小人達の魂を自分の魂に受け入れた。

自分の魂が今まで感じたことがないほどの輝きを放ち、大量で濃密なエネルギーが満ちていくのを感じる。

そこで、先ほどから嫌でも目に入る他の屍体。

嫌悪感を抑えながらも、目の前に横たわるゴブリンの魂にも手を伸ばしてみる。

意識が触れたと思った瞬間に弾けるように霧散して消えていった。他のゴブリンたちも全て同じ現象だった。

庭に出て倒れていた夫婦の遺体にシーツをかけ、その際にも魂を取り込もうとしたが上手くはいかなかった。霧散することはなく体に入れることまではできたが、光一さんの魂が上手く取り込めない。

いろいろ試してみてもだめだった。美鳥さんの方の魂はすんなり受け入れることができたのだが、光一さんの魂は入ってくれない、なぜだろう？

今は自分の中に二つの魂を感じている。一つは強く濃密な自分の魂、そして決して混ざらない光一さんの魂。

警察に連絡して現場に来るまでの間にいろいろと考察してみた。

魂は一定以上の親密度がある存在の場合にしか取り込むことはできないんじゃないか？と思い至る。

美鳥さんとは仲良くしていたが、光一さんとは何度か顔を合わせただけだった。

また、ゴブリンのことを考えると、どちらかが敵として認識したものには触れることすらできないのかもしれない。

わかりやすく魂を三つの属性で分けると共生、中立、敵性の魂。今回は緑小人、弥生ちゃん、美鳥さんの魂が共生、光一さんが中立、ゴブリンが敵性となるのだろう。

これまで散々ネットで調べ漁っていたが、魂や体の奥にあるエネルギー体についての話は一切出てきていないし、緑小人のように新しい生物を作ったという話も聞かない。

代わりに変わった能力の話はちょくちょく出てくる。動物と話せたり、五感の一つが異常に鋭くなっていくなど、こういった能力は程度こそあれど、あまり他に類を見ないものが多い。この魂に触れる能力に関しては特にだ。手探りで知識と使い方を深めていくしかない。

警察がやってきて、現場の説明と治療にかなりの時間を取られたが、ここ最近ゴブリンやオークといった被害が全国各地で増えてきていることもあり、後日事情聴取に署まで来てもらうということにはなったが、今日は病院からそのまま家に帰らせてもらえた。


家の門をくぐり、裏庭に回ると緑小人たちが車座になって項垂れていた。

その中心には、現場から他の緑小人に命じて先に家に運ばせておいた、犠牲になった緑小人八人の遺体。

それを見て、深く深く静かに息を吐きだした。

生物錬成

翌日から自分の能力を把握するために、試行錯誤を繰り返してみることにした。

俺の魂に関しては、昨日考えたように親密な関係の者にしかやり取りはできないというのは正解だった。ただし、そこからが少し複雑だった。

まず、自分の魂力を生きている存在に与えることはできるのか？　これに関してはモンテと緑小人にだけ有効だった。吾郎ちゃん達には魔力を送ることはできても、魂力は送れなかった。しかも自分の魂を一度相手に与えた場合は再度自分に戻すことはできない。やり取りが自由にできるのは、自分の体内に取り込んでいる間のみだ。

モンテと数匹の緑小人に試しに魂力を少しだけ与えた所、目に見えて力が増した。モンテに関して言えば、簡単な水魔法や土魔法が使えるようにもなっていた。

そして、次が中立の魂だが、これが家の子達にはやはり取り込めなかった。

でも、ある程度自分の思い通りに操作できるのはわかった。分裂、合体、強度などの調整、そして生き物の錬成も問題なくできるようだ。

庭の隅に置いてあった両手で抱えるくらいの石を何個か集め、手のひらを切り血を垂らした上で自分の強くなった魂力を十分に注いでみる。

その際にイメージしたのは頑丈で力強い守護者。緑小人のような弱い存在や家族を外敵から、その身を呈して守ってくれるような優しい性格の種族。それらの想いを込めながら。

そして次に、家にあるイチョウの木にも先ほどと同じように守護者をイメージして中立の魂力を少しだけ残して注いでいく。これで今日はもう放置しておこう。明日になれば結果はわかるだろう。

次の日の朝、庭に出ると六歳ほどの少年が地面に座っていた。

緑小人たちがそれぞれ好きに群がっている。背中にしがみついたり、肩に座って足をブラブラさせていたり。その子はそれでも微動だにしない。

よく観察してみる。灰色の肌、つるりとした石像のような体。長く黒い髪を後ろに流し、額にはエメラルド色の鮮やかな宝石が埋まっている。そして静かにじっとこちらを見つめていた。

とりあえず、素っ裸というのもなんなので、庭先に干されていた俺のスウェットとTシヤツ、そしてパーカーを渡してみる。

「おはよー。初めまして、俺はレンって言うんだけど……一応、君の生みの親だよ？　言葉わかる？　あとこれ着てね。俺のお古で悪いんだけど」

「…………」

黙って受け取りはするが、服を見たまま動かない。

「……ほら、こう両手をあげてバンザーイしてごらん？　そのままじゃ風邪ひくでしょ」

「…………」

それでも無表情にこちらを見上げてくる男の子を見て、苦笑いしながら脅さないようにそっと手を取った。ひんやりとしている手首にやや驚きながらも、両手を上げて万歳をさせ、スウェットを頭からかぶせる。そのあとに足を伸ばさせ、スウェットを履かせる。

着替えさせながら気付いたことだが、この子めちゃくちゃ重い。七、八十キロは余裕であるんじゃないだろうか？

着替えが終われば、そのまま手を引き、縁側に座らせた。

――さて、もう一つの方はどうなったのかな？

周囲を見てみるとイチョウの木が変わらずあったが、形が大きく違っていた。

まず幹が太く長くなっている。枝もがっしりとしており、周辺の地面は何かが動いたか

眷属図鑑

ガンジー（岩人）

石を元に作られた眷属。頑丈な体で仲間を守る猛者だが、いつもは物静かな照れ屋さん。

のように盛り上がっていた。緑小人たちもやや離れた位置から、押し合い圧《へ》し合い、興味津々といったように眺めている。

足元で抱きついていたモンテをかかえ上げ、イチョウの木に近づき、そろりと木肌に手を触れてみた。ゴツゴツとした、いたって普通の感触。数秒経っても何もおこらない。

「あれ？　サイズが大きすぎて失敗したのかな……」

今度はちょっと強めにコンコンとノックしてみた。

「おーい、起きてるかー？」

それでも何も反応がないので首を傾げていると、上から視線を感じた。目を向けてみると、そこには大きな目がコチラを見つめていた。

「うぉぉあっ!!」咄嗟に後ずさり、若干身構えたままイチョウの木全体を眺めてみると、大きな一対の瞳がコチラを興味深そうに眺めてきた。

見つめあったまま、沈黙だけが広がっていく。

――な、何かコミュニケーションをっ。

なけなしの対人スキルをフルに活動させ、何とか場を和ませたい。

「い、良い朝ですね」

俺の必死の想いが通じたのかどうかはわからないけど、ぱちくりと瞬きをして頷く様に体が揺れた。

こちらの話がわかることに安堵していたが、次の瞬間に地面の土がボコリボコリと蠢き始めた。イチョウの木が前後左右に激しく揺れ始め、中でも太く大きな枝が数本、地面に手をついているような動きをしている。モンテを初めて見た時の鉢から出てくる様子にそっくりだった。

ただし、かなりのビッグスケール版だが。

これはまずい。イチョウの木は四、五メートルはあるし、さすがに目立つ。しかもこのサイズが歩き回れば畑が荒れること間違いなしだ。

「ストップ、ストープ!! 立たなくていいから、そのままのんびり座っておいて。ホンットに、ホントにお願いですからっっ！！！」

俺の必死の訴えが通じたのか、きょとんとした表情？ で大きな目を瞬かせながらその動きを止めた。

「……ふぅ、よしっ、ちょっと枝を一本こっちに伸ばしてみてくれる？」

そう言って手のひらを上に差し出してみる。いわゆる〝お手〟である。

少し間が空いたと思ったら、一番下にある大きめの枝がゆっくりとこちらに向かって伸びてきていた。そして手に触れてくれたのだが、枝に付いた葉に顔ごと埋もれてしまった。

「ぶわッッぷ、………ペッ。まぁ、意思疎通は十分できるみたいだね」

口に入った葉を吐き出し、髪やモンテに降りかかっている落ち葉を取り払いながらイチョウの木に大事なことを伝えていく。

「普段の日中はできるだけ動かないでくれるかな？　ここは君が動き回れるほど広くないし、あまり周囲の人にも騒がれたくないから。何かこの子達や、俺たちを害するような存在がきた時にだけ助けてくれたら嬉しいかな？」

これだけ言うと、軽く頷くように幹を揺らしてくれた。

少し落ち着いて、今は自宅の縁側に座って、緑茶をすすりながら庭を眺めている。

緑小人たちは一昨日の時点で十四人に減りはしていたが、今日さらに二人ちっこいのが増えていた。畑つきの広めの庭には、彼ら以外にも緑小人たちの子種といえる芽が、ちょくちょくと生えてきている。この分ならすぐにまた賑やかになるだろうね。

今日産まれたばかりの岩人？　である男の子（単純ではあるが名前をガンジーとした）は縁側の上がり框《かまち》に腰掛けて、ボーッと緑小人達の好きにさせていた。

イチョウの木のトレントさんは、時折目を開けて周囲を眺め、緑小人たちがよじ登って遊んでいるのを見つけては目を細めて微笑んでいる。緑小人が落ちそうになれば、器用に枝を動かして支えてあげていた。まるっきり孫をあやすおじいちゃんだね。

さて、今回の生物錬成（魂から生き物を作ることをそう言うことにした）でわかったことは、ある程度のイメージと元になる素材、そして混ぜ合わせる他の材料により見た目が大きく変わるということ。トレントや緑小人はやっぱり植物だけを材料にしただけあって、かなりモンスターよりの見た目になっている。

それに比べてガンジーに関しては、肌の色や硬さ、重さなどは到底人間離れしているが、かなり人に近い容姿だった。たぶん、俺の血を混ぜたからだろう。

そして注いだ魂力の大きさだけど、どうやらこれにより魔力保持量や身体能力が変わるらしい。多分だが知能面でも差があるんだろう。生命力の根源というだけでなく、きっと生物としての器、潜在能力などのようなものじゃないのかと思う。それを確かめるためにも、トレントとガンジーでは注いだ魂力に差をつけていた。

今見ているだけでも、纏っている魔力量はガンジーの方がダントツで多い。筋力や身体能力に関してもそうだろう。単純な力比べにもなると重量や体格の差もあるのでなんとも言えないけどね。

モンテ筆頭の緑小人達と、今回生まれたガンジーを俺の魂力から作った眷属《けんぞく》とするのなら、中立の魂から作ったトレントは非眷属の異なる種族。テレパシーのような意思の疎通や、俺の魂力の譲渡による強化は図れないことがわかった。

ただ、俺の能力から生み出したこともあり、一応は話を理解して聞いてくれることが分かっただけでも上等だろう。

最後に魂に属性分けができるなら記憶もあるんじゃないか……とまで思ったが、緑小人やガンジー、トレントを見ていると、そうでもないようだ。きっと新しい命になった時点で完全に別の魂になるんだろう。俺の中にも元助や弥生ちゃんの記憶は一切ないしね。

ガンジーの横顔を眺めながら、いろいろ考え事にふけっていると、ふとこの子一体何を食べるのだろうと気になった。

確認してみたところ、言葉はまだ喋《しゃべ》れないし、テレパシーも不慣れなようだが、なんとなく身振り手振りも含めて教えてくれた。

驚いたことに主食は石らしい、地面に転がっている石をボリボリと美味そうに食べていた。あとは大気にある魔力さえ取り込めれば十分とのこと。なんて地球に優しい子なんだろう。

さて、残る中立の魂力はわずかなわけだが、折角なのでガンジー同様、環境に優しい子を生み出したい。そこで思いついたのは、一人暮らしになるとついついたまりがちになるゴミ。それを種類問わず何でも処理してくれる生き物、そしてその子らの糞《ふん》や死骸が土の十分な栄養素になるような、そんな完璧な益虫を作ろうと思う。土が元気になれば緑小人たちも喜びそうだしね。

用意したものは、元となる腐葉土、石、そしてダンゴムシの死骸を一匹、それらを六体分ほど緑小人たちに集めてもらってきた。

素材を目の前に広げてイメージを作り上げていく。緑小人にガンジー、トレントまでもの視線を感じる。イメージがしっかりと固まったところで、残る中立の魂力を全て注ぎ込んでいった。

数分ほど待機していると、それぞれの素材がひかれあい混ざり合っていく。

そこからさらに時間をかけ素材が十分捏《こ》ねられ、ゆっくりじっくりとではあるが、少しずつ生き物の形を成していく。込めた魂力により、きっと生まれる時間も違うのだろう。

三十分ほど経ったころで、新しい生物が生まれた。

形は手のひらにすっぽり収まるサイズの大きなダンゴムシ。色は黒から茶色、中には濃い灰色や紺色のものもいる。石のように硬く艶《つや》やかな装甲をしていて、動きはそれほど速いわけではないが、決して遅いわけでもない。それが計六匹。

正直に言おう、ルックスをちょっと失敗した。

ゴミを漁り、なおかつ生命力、繁殖力が強い生き物といえば、黒光りするGの姿が頭に浮かんでしまったことが最たる原因だろう。とっさに頭から打ち消したが、それでも多少影響が出てしまったらしい。今は庭の隅に集めた生ゴミを嬉々として処理してくれている。が、頭部から伸びる二本の触覚が……。

「うぅ……、海外の巨大Gとダンゴムシが合体したみたいだ……」

あれほど無邪気な緑小人達も、積極的に遊ぼうとはしていない。精々、頭の蔓でツンツンとしては楽しそうに走って逃げている程度だった。

とりあえず、人の家には〝絶対に〟入らない事と、この子達の身の危険でもあるため人目は極力避けることを厳命しておいた。俺の魂力を注いだ訳ではないし、一匹あたりの魂力も少ないのでちゃんと理解しているかはかなり不安だったけど。

数日後、庭の隅に積んであった生ゴミが綺麗になくなっていた。それどころか、倉庫の前に溜めていたゴミまでもなくなっていた、中には空き缶やペットボトルも入っていたはずなのに。そして当の石ダンゴ達はうまく姿を隠している。

見た目はともかく、かなりハイスペックな子たちではあるようだ……見た目はともかくね。

過疎化と緑地化

ゴブリン襲撃事件から半年がたった。

日に日にゴブリンやコボルト、オークの被害は増えている。中にはオーガという三メートルを越す大型のモンスターまで確認されるようになっていた。

自衛隊と政府に保護されていたアルニア人による共同討伐隊により、都心部周辺や人口がある程度多い住宅地までは、一応政府の警戒網がひかれ保護下に入っているが、地方や田舎に行けば行くほどそれらは手薄になってしまうのは仕方がないことだろう。

なんせ、戦える人材が少ないのだ。

自衛隊がいるじゃないかという話になるのだけど、アルニアから転移してきた魔物たちには銃器が効かない。ゴブリンやコボルト程度の魔物であればわりかし効くようだけど、オークやオーガクラスになるとまるきり歯がたたないらしい。

体に纏っている魔力濃度の高さから、魔力を伴った攻撃でしか通らないことがわかっている。

銃弾一つ一つに魔力を込めるということも可能なようだが、全てにそれをしようとすると膨大な魔力と精度がもとめられる。一発一発では込められる魔力量も少ない上に、普通の金属では直に触れていないと数秒程度で魔力が霧散してしまうようだ。

よって、剣や槍、弓といった時代錯誤の武器と、アルニア人仕込みの魔力操作の習熟が必須になっていた。魔力を上手く体に行き渡らせることで、一時的な身体能力の上昇も見込めるらしいが、それらを実戦レベルで使える自衛隊員は、全体で見ると未だに少ないのが現状だった。

以前ゴブリンを相手取った時、頭に血が上っていたのではっきりとは覚えていないけど、今思えば普段以上の力が出せていたように思う。喧嘩《けんか》もまともにしたことがない俺があんなに動けたのはおかしい。身体だけじゃなく、スコップにも知らない内に魔力を纏わせていたんだろうね。

日々、緑小人という魔法生物に囲まれ、魔力や魂力を習慣のように操作している恩恵だったのかもしれない。

そんな世間の状況による煽りを受け、俺の住む町からはいつしか人がいなくなっていた。辺りにはもはや何の手入れもされていない農地と人の住まなくなった民家ばかりが点在している。電力や水道、ネットに関しては、今でも通っているのは幸いだった。ただ、バイト先のスーパーは閉店し、近所には働ける場所はもうない。一応、貯金はちゃんとしていたし、両親や祖母の多くはないけど残してくれた物もあるため、光熱費代くらいはまったく問題ない。大学はもう行っていないしね。

緑小人たちに関してだが、今では二百人は超えるほどになっていると思う。

思うというのは数えるのが面倒というのももちろんあるが、すでに各々が自由に動き回っているからだ。好きな場所に住み、好きな場所で増殖している。

近場の空き農地や原っぱで好きな植物を育て上げ密林状態にしようと画策している子、好奇心の赴《おもむ》くまま自由に遊びまわっている子達などなど。近隣の住人がいなくなったというのは、この子達には良かったのかもしれない。

そのおかげ？　で最近では、家を中心に見たことの無い植物に覆われはじめている。

アスファルトや道路などはひび割れ、隙間からは逞《たくま》しく植物が生えてきている。樹木も太く大きく育ってきているし、果物も季節問わずたわわに実っている。

また、緑小人達が周辺に散らばっているおかげで、かなり緻密な警戒網ができあがっているという恩恵もあった。

これまで、何度かゴブリンやコボルトを発見している。

最初のころはいたずらに緑小人達がが食い荒らされていた。

悲鳴とも歓声とも判断がつかないテレパシーを受け取り、急いで駆けつけてもすでに魔物はいなくなっているということが数回続いた。魔物を見つけたら即座に周囲に警戒を飛ばし逃げるようにと、緑小人達にはしっかりと言い含めている。

もし追われたなら、できるだけ木の上に登って隠れるようにとも言ってある。木登りは緑小人達お得意の遊びだし、ちっちゃい体でも蔓を伸ばして器用に素早く登っていける上、枝から枝へと上手に移動できるからだ。

魂の繋がりから、ある程度の距離まではテレパシーを受け取れるし、もし届かない距離であったとしても、緑小人を経由して伝言ゲームのように伝えていくことも徹底させた。

緑小人からの救難信号、警戒信号を聞きつけると、スコップ片手にガンジーと一緒に軽トラに乗り込み現場へと急行する。

ちなみに、ガンジーの戦っているところを見てみたらメチャクチャ強かった。ゴブリンやコボルトなら、正真正銘ワンパンで終わらせている。

まぁ考えてみれば、最初は身長八十センチほどの体型で体重は七、八十キロはあった。しかも体全体が石のように頑丈なこともあり、拳が凶器どころか、全身兵器の有様だった。

リアルにゴブリンの体が数メートル殴り飛ばされ木に叩きつけられる所を間近で見てしまった。まさに漫画の世界だった。

さらにちょくちょくと魂力を追加していたこともあり、その破壊力には磨きがかかっている。身長は百センチくらいと小柄だが、もともと岩人は成長が遅い種族のようだ。

その間の俺はというと、ガンジーが仕留めるまでの場つなぎ程度にそこそこ頑張るだけだ。

素直には喜べることじゃないけど、緑小人達や弥生ちゃんたちの魂を取り込み魂力が増加したことによって、魔力の保持量や纏える濃度が飛躍的に上がり、魔力操作も格段に上達した。そんじょそこらの魔物程度なら余裕であしらえるくらいにはなっていた。

それでもまだ、緑小人に被害は出ていた。

現場に急行してみると、それなりの数の魂が俺の周囲に寄ってくることが未だにままあるのはやはり悲しい。先月だけでも二十人は被害があっただろう。魔物達にとっては緑小人という存在は、魔力補給もできる体のいい食料のようだ。

そこで新たに生物錬成をしようと思い、今準備をしている。

素材はゴブリンの角と骨、そして緑小人達の遺体を植えたあたりの土を六人分。それぞれに俺の血液を数滴垂らした。込める魂力も気持ち多めを予定している。

イメージは集落の衛兵、身体能力が比較的高く力も強い。仲間との連携も上手く、武器を作り、使いこなすほどの器用さと賢さを持つ新しい種族。

そこまでイメージが出来上がり、それぞれに魂力を注ぎ込んでいった。

小鬼と岩人

翌日、庭先で緑小人と一緒に遊んでいる少年少女達がいた。

トレントに登っている者、吾郎ちゃんにかまっている者、畑作業を手伝っている者。

身長は個体差があったが百五十センチ前後で、肌は皆褐色で黒髪、夏休み明けの中学生のようだ。違うのは、額に生えている二本の角、枝から枝へ飛び移っている高い身体能力。

「おはよう。とりあえず新しい子達は皆集まってくれるかな？」

その子らが俺の姿を見るや駆け寄ってきて、膝を付いて頭を下げていた。彼らからは純粋な敬意と忠誠心が伝わってくる。

「真面目な気質なのかな？」

彼らの礼儀正しさに少し困ったように笑っていると、一番近くにいた女の子が小首を傾げて俺を見上げていた。

男三人女三人の町の衛兵隊、今後は小鬼族と呼ぶことにした。

小鬼族たちには、それぞれ空き家から拝借してきた鉈《なた》や鉄パイプ、金属バットなどを装備させ、農作業用のツナギと工事ヘルメットの格好で三人一組のローテーションで巡回させている。

今はまだ人数が少ないが、繁殖力に定評のあるゴブリンの素材を使っていることもあり、そのうち徐々に増えていくだろう。

それに魔物が現れた時に時間稼ぎさえしてくれれば、うちの超人ガンジーさんが駆けつけてワンパン、瞬コロしてくれる。

そんな無敵のガンジーさんだが、ある時俺に青く美しい鉱石を渡してきた。

「お、すげえ綺麗な鉱石だね。何これどうしたの?」

「やっと、出来た……」

ガンジーには暇を見つけては言葉を教えたのだが、いかんせん元々が無口な性格らしく、中々会話は捗《はかど》らない。小鬼族もそうだけど、テレパシーを使える分習得はあっという間だった。まあ言葉以上に伝わって来るイメージ像の方が鮮明だから良いんだけどね。

「へー、ガンジーが作ったんだ」

「うん」

「コレ、くれるの？」

「……うん、埋める」

「………え!?　おぉ、これ埋めたらガンジーの仲間が生まれんの？」

「うん」

「そうなんだ！　良かったな、ガンジー家族増えるじゃん」

頭を撫でてあげると、普段はあまり表情が変わらないガンジーがちょっとだけ照れたように笑っていた。やっぱり同種の仲間が欲しかったんだなあ。

それから詳しく話を聞いていくと、岩人は蓄えた魔力と体に取り込んだ石の密度が一定以上になると、今回のような魔力と魂力の詰まった鉱石を生み出せるようだ。

それを魔力が浸透した土に埋める。すると、しばらくして中で魔力に満ちた岩が生成され、新たな岩人が生まれるという。

どれ位で生まれるのかと聞くと、たぶん一ヶ月とかそれくらいだろうとのこと。土に含まれている魔力にもよるらしい。

とりあえず、緑小人達が丹精込めて世話をしている畑の一角にスペースをもらい、産めておいた。畑の緑小人達はこまめに土や水に魔力を込めているため十分だと思うけど、できるだけ俺も魔力を込めるようにしよう。新しい岩人が生まれるのが楽しみだしね。

ニートの本気

家にニートがいた。

突然だが、本当だ。

そいつはいつも窓辺に座っている。そばには水の入ったコップをおき、毎日毎日あくびをしながら日光浴を続けている。縁側に俺が座ると、すぐに膝によじ登り、乗ったかと思うとうつらうつらと船を漕ぎ始める。俺が外に出歩く時は必ずパーカーのフードに入り込んでいる。

他の緑小人達はせっせと動き回っているというのにコイツは……。

「おい、モンテ。お前いい加減何か仕事しろよ」

今日も相変わらず膝の上で眠りかけている。

クリクリとした目をこすりながら、見上げて問いかけてくる。

『何を?』

「お前、一応緑小人たちのリーダー的な存在だろう。早い内から楽隠居かましてんじゃねえよ。何かこう……同族の見回りだったり、畑の手伝いだったり。なんだったら自分の森でも作ればいいんじゃねえの？　空いた土地はそこらじゅうにあるんだし。せっかく同族の中でも一番強いのに……もったいないじゃん」

というやり取りが、つい先日あったのだが一体これはどうしたことだろう？

家の畑には数人の緑小人が相変わらず元気良く土いじりに精をだしているが、普段はもっとワシャワシャいるもんなんだが……、モンテも含めてどこかに行っているらしい。

一番目を引くことは、イチョウのトレント爺さんまでいなくなっていることだった。地面には大きな穴がぽっかりと開き、コンクリートの塀を思い切り破壊して出て行ってしまっている。

「今朝方聞こえた破壊音はこれだったのかー、一体全体我が家に何がおこったんだろうね……」

「？」

縁側に座って足をブラブラさせていたガンジーに問いかけても、首をかしげるだけだった。

――まあ、そのうち戻ってくるだろう。

夕方近くになると、モンテを先頭にぞろぞろと二、三十人ほどの緑小人とイチョウのトレント爺さんが帰ってきた。

それからは毎日のように朝になるとどこかへ出かけていた。トレント爺さんは初日だけのようだったが、他の緑小人はモンテの親衛隊のようにぞろぞろと連れられていっている。

三週間もそれが続くとさすがに気になってきて、俺も一緒についていく事にした。

前日にモンテに一緒に連れて行ってくれと頼んでいたので、明け方近くにペシペシとおデコを叩かれ起こされた。

眠い目をこすりながらもモンテ親衛隊の後をついていく。

「ぬおっ⁉」

記憶ではそこは、近所にあった神社のはずだった。田舎だからこその広い境内には、少し色のはげかけた赤い鳥居に数本の楠木。そして奥には小さな社があるのみだったが、今では鬱蒼《うっそう》と大樹が生い茂り、もはや神社の痕跡がほぼ見えなくなっていた。かろうじて鳥居だけが目視できるくらいだった。

境内？　の中に入っていくと、一斉にざわざわと枝葉が揺れ動き、若木とも言える木ですらも幹を揺らして騒いでいるようだった。風で揺れているのではない。明らかに自分で動いているような揺れ方。

「……モンテさん？　ここの樹ってトレントなの？　えっ⁉　全部っ‼」

嬉しそうに頷くモンテを肩越しに確認した。つまり、俺の知っている神社は、いつの間にかトレントの森になっていた。

モンテから事情をくわしく聞いてみると、樹齢を重ねた古木が魔力に晒され続けると魂を宿してトレントになるそうだ。この町は緑小人たちの異常増……もとい頑張りにより、急速に魔力に浸透した大地として変貌していってるらしく、この神社に生えている古木たちはもう一押しでトレントになれそうだったとのこと。

そこに目をつけたモンテが、親衛隊を総動員して地面や木々に魔力を行き渡らせ、最後の一押しをした。さらに、イチョウトレントに足を運んでもらい、落としてもらった多くの子種をも一気に生育しているという。

この調子でいけば、数ヶ月以内には境内にある木々はほぼ全てトレントとして活動し始めるだろうとのこと。あと、よく見てみると緑小人の新芽がそれなりの数生えていたので、ここの常駐員にするつもりなのだろう。

うん、モンテさん一同を舐めてました。

このままだと町が樹海に埋まりそうだったので、得意げに胸を張っているモンテの頭を撫でて「よく頑張ったね。しばらく家でのんびりしてていいよー」と言うと、くすぐったそうに喜んでいた。

数ヶ月後、いたるところでトレントたちが自生するようになり、町の樹海化はさらに加速していった。

妹よ

岩人の子が生まれた。

朝、歯を磨きながら縁側に出てみると。畑の一角に大きな穴が開いており、その近くで座り込んでボーッとしている泥だらけの女の子がいた。そして、その側にはガンジーも静かに座っており、同じ方向を向いてボーッとしていた。

「ガンジーおはよう。その子、新しい子だよな？　とりあえず体洗って服着させようよ」

こちらをゆっくりと振り向き頷くガンジーと、じっとこちらを見つめてくる女の子。

ガンジーに手を引かれて風呂場に連れて行かれ、簡単にシャワーを浴びさせる。その間に用意した、ガンジー用においてあった子供サイズのシャツとズボンを脱衣所に置いておく。これらは、言うまでもなく近隣の空き家から頂戴したものだ。

もうとっくの昔にこの町周辺は誰も人が住んでいない。

居間のちゃぶ台に、お茶受け代わりの真っ白な敷石を洗ったものを積んでおく。ガンジーの様子を見る限り、そこそこ美味いらしい。

ニュースを見ながら茶を飲んでいると、モンテも起きてきて膝の上に座りこむ。

「おはようモンテ、今日もしっかり洗えているね。エラいエラい」

この頃には、朝起きたらまず自分で水を出して足を洗うようにと、キチンとしつけておいた。習慣化させるまでは大分愚図っていたが、いい子にしてたらまた洗ってやるからというと渋々とやり始めた。俺に頭を撫でられながら、得意げに小さな胸を張っていた。モンテ経由で緑小人達にも、泥だらけのままだと絶対に家にはあがらないよう厳しく言いつけてある。こういう事って大事だと思う。

都心部での人口過密、それによる失業率の増加、スラム地域の深刻化、CMにはアルニア人や魔法を使える人達への自衛隊募集告知がしつこく行われていた。安っぽいＢＧＭと陳腐なキャッチコピーがやたらと推されている。

頬杖をついてモンテを弄りながら、ボケーっとテレビを見ていたところで、ガンジーと女の子がお風呂から上がってきた。

自然な流れで俺の前に座るガンジー。

手渡されたバスタオルでガシガシと頭を拭いてやる。これが、なぜかガンジーのお気に入りだった。

ガンジーが終わると、今度は立ってそれを黙って見ていた女の子の方を向き、手を引いて前に座らせた。新しいタオルでしっかりと水気を取ってやる。髪が長く背中の中頃まであるので、タオルで拭いた後ドライヤーで乾かして櫛も当てておいた。

「おぉー、やっぱり女の子だね。髪質がサラサラしてて綺麗だ」

そう言うと、感情の見えない瞳でじっと見上げてきた。

一通り終わり落ち着くと、二人を座らせ、お茶請けの敷石をすすめてみた。やはり美味いらしく、無心で食べ続ける女の子を、俺は頬杖を付きながらのんびりと眺めてみた。

肌の色はガンジーに比べてやや白い、ガンジー同様に眠たげな目をした可愛らしい顔をしている。額に埋まる紫がかった美しい鉱石がより神秘的だな。

身長は六、七十センチ位だろうか。そういえばガンジーも最初はこれくらいだったなぁ。いつの間にか成長しているもんなんだなぁ、とどことなく親心を発揮してじーんとしてしまう。

「なにはともあれ、名前が必要だね。……ロッコでもいい？」

石《ロック》な子ということでロッコ。我ながら雑すぎるネーミングだと思うが、まあこんなもんでいいだろう。頷くガンジーとキョトンとするロッコ。

「ガンジーの妹だからな。しっかりと面倒みてやんなよ」

見た目的に娘はちょっとな。そう思っての言葉だったが、ガンジーは照れた様に笑っていた。というか、ガンジーが物静かなのは個性じゃなく種族的な性格だったんだなー。

小鬼の責任感

小鬼族にもいつの間にか二人の子供が生まれていた。

ここ最近小鬼族の女の子の姿をあまり見ないなと思っていたら、ちゃっかり妊娠していたらしい。言ってくれれば、お祝いの品くらい用意したのに……。

小鬼族の子らは家の近所にある別の農家で寝泊まりしている。そこにも立派な畑があり、緑小人達が住み着いていてガンガン果物や野菜を育てているため、菜食には困らない。

眷属図鑑

ロッコ(岩人)

ガンジーの体の一部を元に作られた、無口でクールな女の子。その強さは兄に匹敵する。

しかも小鬼族は狩りが上手い。

ネット知識を元に教えた手作りの罠や弓を自作し、ウサギやイノシシ、それにキジなんかも取ってきて、よくおすそ分けしてくれる。

獲物の中でも一番多いのは、空き農家からいつの間にか逃げ出して、かなりの数が繁殖している鶏だった。これも大地に魔力が根付いた恩恵なのか、明らかに通常の鶏よりもビッグサイズになっている。体高は大体六十センチ位だろうか？　子供が見たら泣くレベルだ。

閑話休題、小鬼族のリーダーに、以前からお願いされていた事がある。

彼らは町の衛兵として日夜見回りをしてくれているわけだが、いかんせん町はそれなりに広い。

つい先日、ゴブリンが発見された時も、結局は軽トラで小鬼達を拾って向かった位で、衛兵隊として即座に現場へ駆けつけるという体はなしていなかった。

まあ、そこは直ぐに人数が増えるだろうし問題ないだろうとは思っていたのだが、衛兵というイメージで生まれたこともあり、思った異常に生真面目な性格をした種族だったようだ。かなり責任を感じてしまっていた。

そこでお願いされたのが、自分たちの足になってくれるようなパートナーが欲しいということだった。

これに関しては俺も前から考えていた事ではある。

今使っている軽トラも、そのうち蓄えてあるガソリンがなくなればどうしようもない粗大ゴミになる。それまでに、自分たちの足になるような存在を錬成した方がよかろうと。


「というわけで、今日も生物錬成をしましょうかね」

準備するのはイノシシの牙と骨を少々、カラスの羽、鶏の足と血を数滴、そして上質な魔力をたっぷりと含んだウチの畑の土、それらを三匹分。

イメージは……逞しく強い脚力、争いになっても恐れず、身軽で素早く動き回り、乗るものに対して賢く忠実なパートナーである存在。そこまでイメージが固まったところで魂力を注ぎ込んでいった。これからの大事な機動力なので、こめる量も多めにしておく。

翌日、生まれたのはミミズクなどの猛禽類《もうきんるい》を全体的に太く大きくしたような生き物だった。

黒と灰色や茶褐色の入り混じった羽根、やや下に湾曲した尖った嘴《くちばし》。どこか剣呑な雰囲気のある大型の騎鳥だった。

首は逞しく、足はガッシリと骨太で、太く鋭い爪が地面に食い込んでいる。体高は二メートルは優に超えている。

「なんというか……思っていた以上に迫力があるね、はは」

俺からやや離れた場所で眺めている岩人兄妹と、ロッコの頭の上に避難しているモンテへと話しかける。三人とも深く頷くだけで助けてくれそうには無い。他の緑小人達も、今回ばかりは決して近寄ろうとはしないようだ。

そんな俺たちとは真逆に、当の巨鳥達は三頭とも大人しく地面に座っており、こちらから声がかかるのを待っているようだった。

その内の一頭が、唐突に目の前まで歩いてきて座り込んだ。

ビビりがちな俺を真っ直ぐに見つめてきている。なんとなく『乗ってみろ』と言われているような気がしたので、思い切って背中に跨ってみることにする。

「ど、どこか痛かったら教えてね……」

眷属図鑑

ランバード

猪、カラス、鶏、土を元に作られた眷属。馬の様に人を乗せて走ることが出来る機動力の塊。

不恰好に背中に抱きついている俺を意に介さず、体重を全く感じさせないような動きでスクッと立ち上がった。

急に視界が上がったことで驚いて首にしがみついてしまったが、鳥は微動だにもせずひたすら堂々と立っている。

その事に安堵し、首や体を撫でてみると、次第に目を細めて気持ちよさそうにしていた。たまに喉を鳴らして、首を寄せて甘えてくるのがなんとも可愛らしい。見た目に反して、まさにギャップ萌えというヤツだ。

「少し歩いてみてくれる？」と頼んでみると軽快にトントントンと数歩進んで立ち止まる。柔らかな羽毛とバネの利いた足腰から、それほど衝撃は感じない。それにこちらの意思を正確に汲み取ってくれる賢さもある。

ものは試しにとガンジーやロッコ、ついでに緑小人達も乗せてみたところ、軽々と動いている。岩人二人乗りでも違和感なく運んでいた様子には驚いた。予想以上の優秀さに口元がゆるんでしまったほどだ。

その後、軽く慣らしで街中を走り回ってもらったが、これには直ぐに後悔することになった。

とにかく〝速い〟。

車並みの速さに加えて、力強い跳躍力、飛べはしないが軽く滑空のようなことまでできていた。シートベルトも座席も何もない状態では恐怖以外の何物でもなかった……。これは早急に馬具のようなものを用意する必要がある。

へとへとに腰砕けになりながらも三匹を小鬼族の家まで連れて行く。

小鬼族も最初は恐々としていたが、俺に首を撫でられ、気持ちよさそうに顔を擦り付け甘えてきている様子を見てすぐに仲良くなりはじめた。

一旦家に戻り、鞍《くら》や轡《くつわ》、鐙《あぶみ》の存在をネットで調べ、プリントアウトしたものにわかりやすく注釈を加えて渡す。その際に皮のなめし方や革細工の作り方などの資料も混ぜておいた。識字に関しては勉強中なので簡単に口頭で説明だけしておいた。

まあ、身体能力に優れた小鬼族なら、それらがなくても乗りこなしそうではあるけどもね……。

ちなみに鳥の種族名はシンプルに『ランバード』にしておいた。食べ物は虫や草、野菜に果物なんかを食べるらしい。緑小人は絶対に食べないようにと、しっかり言い聞かせておいた。

さてさて、小鬼族の子供達もすくすく育ち、今は二、三歳の子供サイズで緑小人達と周辺を駆け回っている。生まれてまだ一ヶ月ちょいしかたっていないのだが、成長スピードは速いようだ。

ランバードも無事卵を産み、今は三つの卵を温め中とのこと。

見様見真似で作った鞍と轡、鐙も装着し、格段に乗り心地と安全性が向上していた。街中で走り屋と化している小鬼族を最近はよく見かけている。

次に生まれた卵三つは、俺とガンジーとロッコの分としてすでに予約済みだ。風になっている俺達の姿が目に浮かぶぜ。

あとなぜか、吾郎ちゃんも卵を二つ産んでいた。

一体どこで誰と……というか君は女の子だったのかい？　そう困惑していると、物知りガンジーさんいわく魔力や魂力の余剰分が卵になったのではとのこと。その辺は岩人や緑小人と同じような生態らしい。

うーん、いつの間にか吾郎ちゃんはグリーンイグアナを辞めてしまっていたようだ。

確かにここ最近は、全長が二メートルは確実に超えているし、体つきもやたらゴテゴテしくなっている。正直言って、何も知らずに街中で吾郎ちゃんを見かけたら、なりふりかまわず全力で逃げると思う。この前なんか、目の前を呑気に通りかかった鶏に躊躇《ちゅうちょ》なくかぶりついていた。今年入って一番の衝撃的なシーンだった。

近藤くんとサスケさんに関しては、今や町全体が森と化してきているこの場所で、一体どこにいるやら検討もつかない。たまーに、ボーリング玉サイズの角が三本ある黒い何かが、力強く飛んでいる気がするけど、正直怖くて追及していない。変に絡んで、あの鋭い角で突っ込んでこられたらたまらないもんね。

さらにごくごくたまーに、木の枝になにかスケルトンカラーの生き物がいる気がする……某戦闘狂エイリアンのように。それもまた深くは追及しないようにしている。あれ、なぜか魔力まで隠蔽《いんぺい》してるんだよね……どうやってんだろう?

あと相変わらず、庭の隅に置いておいた生活ゴミや生ゴミなんかは次の日には消えている。庭の片隅を走り去っていく石ダンゴくん達を見る限り、一応元気にはやっているようだ。このまえ元神社のトレントの森に行った時、通常サイズの二、三倍はありそうな石ダンゴさんを発見し、リアルに悲鳴をあげてしまったのは内緒だ。

不可抗力、ほんとーにわざとではないんだけど……いつの間にかこの町が魔境と化してきている。

『ご覧いただけますでしょうか？　こちらが突如現れた樹海です。一年前までは田畑の広がる長閑な田舎町だったのですが、今では広範囲を巨大な樹木に覆われ、建物の屋根がその隙間からわずかに確認できる程度です』

『以前、近隣の町に住んでいた住民の情報では、こちらの樹海が広まり始めてから、今まで見たこともないような強大な虫に不気味な鳥や獣を目撃するようになったようです。中には木が動いていたという目撃証言もあります』

『二ヶ月前、この樹海を危険視した地方の自警団が武装をして調査に向かったようですが、樹海にいくまでの間にゴブリンやコボルトの集落を複数発見、五名の犠牲者、四名の行方不明者を出し、樹海行きを断念しています。今も樹海は急速に拡大しており、さらに魔物達を引き寄せ、その集落すらも飲み込むのは時間の問題でしょう』

『一体政府はこの人外魔境と化した樹海にどのような対策をとるのでしょうか？　都心部の人口過密を緩和する安全圏拡大計画も依然として進んでいない中、人材不足を解消するための一般人の冒険者雇用制度及び教育制度の早期決定が求められています』

テレビ画面の中で、ダサいヘルメットを被った美人アナウンサーが、ヘリの中で声を張り上げてレポートしていた。

そして、ちょうど家の上空ではヘリの音が鳴り響いている。

「これ……家じゃん!!」

マイホームに向かって人外魔境とは失礼な！　ちゃんと人間住んどるわ!!……一人だけな。

モンテを膝に乗せ、ガンジー、ロッコの四人でちゃぶ台を囲んでテレビを見ている。

確かにやや魔境化してきてるなーという自覚はあったが、まさかここまで問題視されていようとは。

料金はしっかり払っていたのに、突然電気と水道止められたのは何でかなーとも思ってはいた。よくはわからんが、なんかその辺に理由があったんだろう。

今は他所から持ってきた自家発電機とソーラーパネルに蓄電池等を使って電力を賄っている。

水道に関しては井戸が使えるし水魔法もあるので全く問題はない。ネット環境も光は使えなくなったが、以前契約していたＷｉ－Ｆｉでなんとかなっている。結論――

——まあ、いっか。

「さ、今日も畑仕事すんべかな♪」

閑話

以前、樹海の町の外縁付近で亡くなってた人が二人いた。

あの人たち、この前のニュースで言ってた自警団員だったんだな。結構大きな傷を負っていたし、逃げてきたはいいけど途中で力尽きたのかな？　行方不明者の残り二人はたぶん魔物にやられたんだろう。

——その時手に入れた中立の魂、結局まだ錬成してないんだよなぁ。

中立属性の魂は、自分には取り込めないので錬成するほかないんだけど……。

そしてせっかくなら、非眷属の生物錬成は食料になるような生き物にしないともったいないと思っている。

自分の眷属を自分で食べるのは抵抗あるし、眷属同士が殺しあうのはできれば見たくない。安っぽい偽善だとは思うけどね。

そんな事を考え、なんとなく錬成に乗り気になれなかったけど、いつまでもウダウダしているのも気持ち悪い。こういう事はサパッといこう。

考えた結果、鹿のような生き物を錬成することにした。

鹿はある地域では害獣と言われるほど作物や植物を食い荒らすらしい。

緑小人たちがフリーダムに無双しているこの町ならば、逆にちょうどいいだろうと考えてのことだった。

それに久しぶりに猪や鶏以外の肉を食べてみたい。ここの猪はかなりでかい、正直言うと食いでがありすぎて飽きがきていた。

さて、鹿のような生き物を錬成するとは決めたものの、材料をどうするかね。

「たしか富士山さんっていうおじいちゃんが狩猟好きで有名だったな」

ヒグマの剥製《はくせい》や鹿の剥製を持っているって、パートのおばちゃん達が話していたのを覚えている。ああいうのって人を選ぶしね。苦手な人は多いだろう。

はっきりと家の場所を知っているわけじゃないけど、一回見にいってみるか？　あの辺りは人が居なくなってからはまだ行ったことなかったしな。

地名くらいしかわかっていなかったから、探し当てるのに難儀しそうだったが、もともと家自体が少ない。日が暮れる前には富士山さん家を見つける事ができた。

「おじゃましまーす！」と遠慮なく家探しした結果、錬成で使えそうな鹿の頭の剥製はちゃんとあった。他にもいろんな剥製があったけど、今回はまだいいや。

それにここに来るまでの間で、周辺に農家から逃げ出したであろうヤギの群れも発見していた。この人外魔境のおかげで通常より二回りは大きくガッシリとなっており、筋肉も張りがあって美味そうな大ヤギとなっていた。

ちょっと鹿っぽくはないかもしれないけど、素材としては全然ありだろう。群れのうち一頭だけを狩り、持ち帰ることにした。

その日は小鬼族を集めてのヤギ鍋パーティを催した。ヤギ肉、旨し。

材料は鹿の角、大ヤギの骨と蹄と血、そしていつもの畑の土。これを二体分。

イメージは……草食で気性は穏やか、足腰が強く体は筋肉質。姿形は美しく、樹木の間を軽やかに走りぬける。警戒心が強いため外敵から上手く身を躱《かわ》し、繁殖力も十分にある生き物。

そこまでイメージを固めると、中立の魂力をためらいなく全て注ぎ込んでいった。


翌朝起きた時には、その生き物はすでに庭にいなかった。

ただ、畑にはしっかりと蹄の跡があり、ガッツリと作物をつまみ食いしていったようだ。

緑小人たちがちょっとガックシとなっていた。

小鬼族には町に鹿のような生き物がいた場合、番《つがい》がまだ一組しかいないため狩らないようにと言っておく。


しばらくたち、忘れかけたころに小鬼族から報告がきた。

深い森の中、木々の間を軽やかに飛び跳ね、走り抜けていく美しい生き物がいたらしい。

その生き物は、太く立派な角を生やし、全身汚れのない真っ白な姿で堂々たる体躯の鹿のような姿をしていたとの事。

後ろには、角はないが同じように美しい生き物と子供が二匹追従していたようだ。

話を聞いて生き物の名はホワイトディアと決めた。そして改めて、群れが大きくなるまでは狩ることを禁止した。

統計調査

「「ヒャッフーーーー！」」

今、樹海で最もブームになっているナウいアトラクション【ランバードグライインダー】、町役場三階建ての屋上からランバードに跳躍してもらい、滑空する遊びだ。

大きな羽根に風を受け、ゆったりと樹海の上空を旋回し、巨木の間を縫いながら原っぱへと着地していく。たまにトレントたちが気を使って避けてくれてる。

「はーい、ソコごめんねぇ。通るよー」

この前、小鬼族たちが町の巡回中に、周囲を見渡すために、建物の屋根から滑空しているのを見つけた。

ふと閃き、非番の小鬼族をここに連れてきてやってみたのが始まりだ。

それ以来、小鬼族は空いた時間を見つけては遊びに来ている。今は少し前に生まれた小鬼族の子供（もう少しで成人扱い）とロッコを連れてはっちゃけている。

ちなみに「ヒャッフー」は流行らせようと思っているのだが、クールなロッコは恥ずかしがって真似てくれない。


「やっぱ、縁側と言ったら緑茶だよねー」

「ん……美味し」

ひとしきりアクティブした後は、家に戻り縁側でガンジーと一緒に茶をしばいた。

視界に広がる庭では、今日も緑小人たちは思い思いに楽しんでいる。

土いじりを満喫している子もいれば、木の枝でチャンバラみたいな事をしていたり、追いかけっこしていたりと相変わらず賑やかだ。

イチョウのトレント爺さんも目を細めて緑小人達をあやしていた。

それらを眺めながら、膝の上で寝転んでいるモンテを指でこちょばかし、また茶をすすった。


マイホームを全国公開で人外魔境呼ばわりされてから一年がたった。

とりあえず、現在の樹海の町統計調査を発表しよう。
・人間　一人
・岩人　二人
・小鬼族　三十九人
・ランバード　二十四頭
・緑小人　そこら中
・トレント　そこそこ
・石ダンゴ　数えたくない
・ホワイトディア　不明
・グリーンイグアナだったはず　四匹
・ボーリング玉サイズのカブトムシ？　数匹いる模様
・スケルトンカラーの謎　少なくとも二匹はいる
・その他もろもろ　なんか外から来て住み着いてる動物もいっぱいいいる
小鬼族もランバードも順調に愛を育み、家族を増やしていってくれている。人数が増えるごとに使う家を増やし、今では最初の農家を衛兵隊詰所として使用し、その周囲の家を家族毎に使っているようだ。

俺の眷属だからなのか、水魔法に適性のあるものが多く、生活水には困っていない。そうでなくても、古民家ばかりなので井戸付きの家も多い。

ランバードも基本は詰所の敷地内にある大きな納屋を寝床としているが、俺や岩人兄妹のランバードはウチの納屋で寝ているし、ウチの子以外のランバードもちょくちょく紛れていたりする。

自由恋愛というのか、のびのびと生活してくれていて何よりです。

樹海の町も少しずつ賑やかになり、子供達の遊ぶ声が日に日に多くなっているのは純粋に嬉しく感じる。

外から聞こえて来る、母親達の子供を叱る声なんかにはついつい笑顔がこぼれてしまう。

緑小人達に関して言えば、順調？　に勢力を拡大している。いたるところに緑小人がいるため、今や自然風景と同化してしまっているけどね。慣れってこわい。

吾郎ちゃんの背中やその子供達を定期便代わりにして、樹海の各地に出かけて行っている姿をよくみかけるね。

ちなみに吾郎ちゃんは三メートルオーバーに達している。その子供達は一メートル弱とかなり可愛いサイズだが、この前火を吹いて遊んでいたので、しっかりと叱っておいた。

森の中でのファイアーは厳禁です。もうグリーンイグアナに関する常識が崩壊してしまっているのは気にしていない。

あと、吾郎ちゃんに続いて近藤くんもいつの間にか増えていた。ボーリング玉サイズの三本角のカブトムシ（ヘラクレスとは上下逆の生え方）は、ちょっと恐ろしい勢いで木々の間を飛び交っている。あの羽音が聞こえてきたら要注意、周囲をしっかりと確認する必要がある。

あんなのがコメカミに刺さったりしたら事件にしかならない。たまに木の幹に刺さってジタバタしている子がいるけど、それを笑顔で抜いてあげるのが住人達の優しさとなっている。

スケルトンカラーの彼に関しては、もう謎でしかないので割愛しよう。

町の掃除人石ダンゴさん達も健在だ。ゴミどころか動物の死骸や糞なども翌日までには処理してくれている、できた存在だ。人知れず終わらせているその仕事っぷりにはグッとくるものがある。たまに何かに群がっている姿を目撃すると、悲鳴を上げてしまうのが本当に申し訳ない……。

まあ……なんというか、今日も樹海の町は元気です。

オークの受難

目の前で、豚が泣いている。

〝鳴いている〟じゃない、〝泣いている〟だ。


ある日の午後、ガンジーと縁側で向かい合ってオセロに興じていた。モンテはオセロ盤の横で、どこぞの大仏のような格好で横たわりそれを眺めている。ロッコはというと、庭で開催されている緑小人達の相撲大会を観戦していた。

突如、頭の中に響き渡る緑小人たちの救難信号。

『きゃー。たーすーけーてー』

『ブタさんきたー』

『いーち、にーい、さん？』

どこか楽しそうな、緊張感に欠けるテレパシーを受けとる。あの子らは、自分らが餌になっているという自覚がまったくない。いや、自覚はあるかもしれんが大して焦っていない。せいぜい鬼ごっこ感覚だ。それはともかくとして――

「――むっ！　これはイカんっ！」

とっさに勢いをつけて立ち上がったせいで、オセロの盤面がグシャっとなる。手を添えていたせいで軽くシェイクもされている。修復は不可能だ。

ジトっとした目で見つめてくるガンジーを放置して、庭におりて『正一』の名を叫ぶ。ついでに格好つけて指笛も吹いてみた。

目の前の畑で、緑小人を背に乗せ休んでいた俺の愛鳥ランバードの正一くんが、立ち上がってこちらに向かってきた。

なんとなく『うるせぇなコイツ、テンション高えよ』という気持ちを感じとったが気のせいだろうな。でも近くにいる時は、この呼び方はもう止めよう。嫌われたくない。

ガンジーとロッコもランバードにまたがり、救難信号の発生点を目指し樹海の町を疾駆していく。

アスファルトを猛スピードで駆け抜け、道を塞ぐ物や倒木を軽々と跳び越える。建物の屋根へと跳び上がれば、翼を上手く使い、ふわりと着地の重さを無くしている。屋根から屋根へ、時に巨木の枝から滑空し、樹海を走るランバードを阻むものは何もない。

現場の近くにいた小鬼族騎兵隊の一隊は、既に戦闘を開始しているらしい。

現場に到着してみると案の定、オークの集団だった。槍や剣で武装しているのが三匹いる。これまでは、樹海の奥にまで侵入してくる魔物といえばゴブリンやコボルトばかりで、オークは今回初めて見た。一応ネット動画でも数々の戦闘シーンが公開されており、その高い膂力と打たれ強さは確認できている。

厄介なのは、人間の武器を装備して戦う唯一の魔物というところだろうが、まあ見る限り速度はそれほどでもないようだし、技術といっても武器を力任せに振り回しているだけだった。

対する騎兵隊の標準装備はというと、二メートルのがっしりとした杖がメインに、それぞれの獲物を腰や背中に装備している。

杖の材質が樹海の木だからなのか、魔力を込めれば金属武器が相手でも受けとめられる。防具はイノシシの皮革を重ね合わせて作られた、胸当てと腰当て、腿当てに小手とブーツという動き易さを重視した最低限のものを使っていた。

その長い間合いとランバードを駆る素早い動きは、騎兵隊一隊でも十分オークたちを撹乱している。

俺たちの到着と同時に、端のオークに騎兵隊を一隊全員で当たらせ、残りの二匹は俺と岩人の二人で受け持つことにした。とりあえず、端の一匹はガンジーだけで抑えておいてもらおう。

指示を受け、それぞれが自分の担当するオークに向かっていく。

ロッコと俺に距離を取られて挟まれるオーク、二人で交互にフェイントや牽制を入れ、プレッシャーをかけていく。

すると、しびれを切らしたオークが飛び込んで西洋剣を振り下ろしてくるが、余裕を持って避けられる。そのやり取りを何度か繰り返し――

――なんだ、こんなもんかぁ。

一応、初見の魔物ということで慎重に様子を伺っていたが、特に問題はなさそうだ。ロッコとタイミングを合わせ、オークの背後を駆け抜けざまに斬りつけた。

スコップは刃先をしっかり研ぎあげているので、それなりの切れ味がある。魔力を多めに込めていたこともあり、オークの呻き声とともに確かな感触が手に伝わってきた。

切りつけていった俺に対して、オークは血走った目を向けてきている。脂肪に包まれているだけあって、評判通りタフではあるようだな。視線がぶつかりあい、さらに緊張感が高まっていく。

——ドッゴン。

凄まじい重低音と共に俺たちの横を別のオークがふっ飛んできた。

ズザーっと音を立て地面を滑っていき、ぐったりと両手両足を力なく投げ出している姿が目に入る。

一体何事かと飛んできた方向を見ると、ガンジーが腰を落とし、正拳突きを打ち抜いた状態で静止している。少し後ろで、クールに控えているのは相棒のランバードだ。

——カッケぇ!!

と思っていると、すぐ側からも——ズドン、という重い音が響いてきた。

振り返れば、オークが体をくの字に曲げて、若干体を浮かせていた。

いつの間にかランバードから降りていたロッコさん。体のひねりを加え、存分に体重をのせた見事なボディブローをかましている。

「ナ、ナイスボディです。ロッコさん！」

この前テレビで見てたボクシングの試合の影響かな？　庭でよくシャドーしてたしね。

オークはそのまま受身も取れず、地面に崩れ落ちていった。お尻を突き出してピクピクと痙攣《けいれん》している。ロッコにサムズアップしてやると、口端を軽く曲げただけのニヒルな笑みを返してきた。

小鬼族たちはというと、順調にオークを追い詰めていた。じつは、オークを相手取りながらもちょこちょこと視界の端には入ってきていた。

相対するオークは、最初かなり強気な様子だった。槍を肩におき、口端を釣り上げ周囲を不敵に見渡していた。

騎兵隊に三方向から囲まれ杖を突きつけられても、怯みもせずに悠然と槍を構えはじめたほどだ。その雰囲気は喧嘩慣れしたアウトローのようだった。動作の一つ一つから自信に満ち溢れている。

俺の側でロッコが、オークの腹をサンドバック代わりにしている。自分のフォームにイマイチ納得いってないようだが、それを軽く諌めながら小鬼族たちを眺めていた。

「こらこらロッコ、そろそろ止めてあげなさい。その子吐くもの残ってないからね？」

――ゴンッ。ロッコの服についた土埃を払ってやっていると、小鬼族達の方から、いかにも硬くて痛そうな音が聞こえてきた。顔を向けると、頭を押さえてオークが呻いていた。思った以上に騎兵隊の突きは強く鋭かったようだ。斜め後ろから不意をついて飛んできた突きをかわせず、側頭部にモロに受けてしまっていた。

顔を痛みに歪めながらも、憎々しげに相手を睨《にら》みつけ槍を向きかえた。その直後に――ドスッ。と別方向から横腹に杖先がめり込んでいた。離れた所から見ていても、あれは結構めりこんでいた。

「うわっ、アレきっつぃだろうなぁ」

そもそも小鬼族って、真面目だから毎日訓練欠かしてないんだよな。それに囲まれた上、ランバードの勢いと体重まで乗ってんだから……そりゃぁ、ねぇ？　逆になんであんな自信満々だったのか問いただしたいよ。

オークの言葉なんかは分かるはずもないが、なんとなくその表情や唸り声、立ち居振る舞いから想像してみると――

『おう、やんのかぁ　いい度胸してんじゃねえか』

『ああん、テメエなに生意気に一発入れてくれてんだゴラぁ』

『上等だよ、てめえからやってやんよ……』

『おぉぶぅ』

『イヤ、だからっ、オマエからっ』

『イタっ、ちょっと待てって！』

『チョッ、マジっ』

『マっ、ごふぅぅっ』

という感じで、騎兵隊から終始小突き回されていた。武器を落とし、両手で頭を抱えてうずくまったのは最悪の手だったな。

小鬼族の突きに加えて、ランバードの蹴りも加わり始めた。それはもう容赦《ようしゃ》なくガッシガシと蹴りを入れていた。さすがは樹海の町の走り屋チーム。小鬼族のツナギが特攻服にしか見えなかったね。刺繍《ししゅう》いれてやろうかしら。

オークさん、涙と鼻水と血で顔がエライことになってますよ……。

結論、半端に強いと地獄を見るよね。

樹海の外のアレコレ

ここ最近、特に魔物襲撃が頻繁に起きている。

以前はゴブリンやコボルトが散発的にくるだけだったが、その規模と頻度《ひんど》が少しずつ増加傾向にあった。

樹海の拡大化が進んでいくと共に、魔物達の集落も巨大化しているようだ。時折、ネットでの情報収集やニュース番組を確認していてもそれは明らかだった。そのついでに入る情報と言ってはなんだが、ここ最近の社会情勢もかなりキナ臭くなってきている。

以前から取りだたされていた、一般人冒険者雇用法と冒険者教育法が可決されていた。

一時期どのチャンネルを映しても同じような内容しかやっていなかったのを覚えている。

まあ、簡単に言うとファンタジーもののラノベでは定番の冒険者組合《ギルド》の発足だった。

ゴブリンやコボルトなどの魔物に、討伐証明としての一部を切り取ってくればそれに冒険者組合が金を払ってくれるらしい。その討伐報酬額に関してもかなり揉めているようだったが。

今後、魔物の素材を何に使えるのかという研究結果次第でもあるし、冒険者にとっては自分達の命の値段を決められるに等しい。それはピリピリしてしまうだろう。

最近は魔物との戦闘慣れや、周囲にいる存在が頼りになりすぎて麻痺《まひ》してしまっているが、本来魔物と戦うというのは相当なリスクになることだ。

だってよく考えてみてほしい。ここまで明確に人間を主食にしているような生き物って地球上にはいなかったよね？

戦国時代ならいざしらず、今の時代の人間にとって、自分に向けられる本気の殺意なんてほとんどの人が免疫ゼロだろうし、ついでにリアルなグロ耐性も。ましてや一番の雑魚扱いをされているようなゴブリンですらしっかりと魔力を体に纏っている。まあ弱いものではあるが、それでも魔力なしの人では成人男性がタイマンはってもかなり苦労するだろう。正直素手だったら負ける。

見た目以上の身体能力と打たれ強さなんて、普通はビビるよね？

ということで、冒険者法が決まった直後かなりの人が犠牲になったらしい。人口の過密化が急激に進んだせいで、その日食うものにも困るような人たちが続出していたせいだ。一気に冒険者という新職業に集ったようだ。

藁《わら》にもすがるような気持ちで登録したら、即死亡なんてたまったもんじゃない。あまりの登録者数に冒険者組合の新人冒険者教育制度も追いつかず、おざなりな感じで済まされたことも原因の一つだったらしいね。

そこでさらに非難轟々《ごうごう》、おとなしいことで有名な我が国もかなり過激なデモ隊が横行している。火炎瓶でパトカー炎上なんて日常茶飯事だった。

そんなこともあり、今では冒険者登録は魔力持ちというのが最低限必要な資格となっている。受付には魔力を視認できる人が採用されていた。

その甲斐もあって登録者数はかなり落ち着き、教育制度も比較的うまく回っているようだ。ただし、『魔力開発教室』『〇〇の実践魔法塾』『魔物殺法流柔術』とか、よくわからん感じの詐欺まがいの習い事教室が増えて問題になっていた。

アルニア人に関しても、かなり厳しい状況になってきている。

政府にとってはまさに即戦力だし、転移してきた最初のころはともかく、今では日本国民、いや世界中の人間が自分たちが生きのびることに必死だからか、あまりアルニア人の擁護に回る人は少なくなってきている。むしろ、税金払っている自分たちがタダで食わせて守ってやってんだから、しっかり戦って義務を果たせ的な感じが強くなっていた。

つまり、使い潰しの利く戦力。

多少、アルニア人に被害が出たくらいでは世論は動かないのが現状だ。半ば強制的な徴兵がまかり通っていた。そのせいでアルニア人たちはアングラに潜り始める。

スラム街での胡散臭い仕事や、冒険者たちの用心棒として未登録で討伐に向かったり、アルニア人だけのコミュニティを都心部外で作ったりもしているようだ。それによる犯罪率は増加している。

なんともまあ……世紀末が近づいてきているのをヒシヒシと感じる。

そのうちモヒカンでヒャッハーなレザーベスト着た人たちが、オシャレ最先端になるかもしれないね。ウチにはそこまで関係ないだろうけど……。

そこまでで今日はパソコンの電源を落とした。

一番来てほしくないヤツ

続々と魔物はやってくる。

ゴブリンやコボルトはもちろん、前回のオーク戦から一気に豚どもの侵入も増えてきていた。その分、ロッコや小鬼族の程のいいサンドバックになってはいるが……。

ここ最近のロッコが日課にしている、シャドーボクシングには光るものを感じ始めている。どこかでボクシング入門本を探してこよう。

ガンジー？　彼の正拳突きには神が宿ってると思う。これ以上成長したら、マジで北斗ちっくな技を継承し出すかもしれない。

と、まあそこそこ余裕をぶっこいていたワケだが、とうとう樹海に大物がやってきた。

俺が一番来ないでほしいなーと思っていた魔物だ。

まあ、準備は万端だけどね。

太い木の枝をへし折りながら歩いてくる。手には何処かで引っこ抜いたのか、根っこをつけたままの木を棍棒のように振り回していた。

身長は三メートルを超える、はち切れんばかりの筋肉をまとった大男。額には二本の角を生やし、鋭い犬歯が口から覗いている。

大鬼《オーガ》、同じ鬼の魔物として有名なゴブリンと比べると体躯はもちろんの事、纏う魔力、その存在感、まさに〝格〟が違った。

オーガの数メートル先を騎兵隊の一隊が上手く挑発しながら走ってきていたが、俺たちが視界に入ると散開してオークの前から姿を消した。新たに俺たちという獲物を目にしたオーガは、そのたくましい胸板を膨らませ息を吸い込む。

次の瞬間樹海に響いたのは、弱者なら聞くだけで恐怖に身を奪われるような凄まじい咆《ほう》哮《こう》だった。

「おーおーおー、あちらさんはかなり気合が入ってる様子だけど、どう？　二人で保ちそう？」

岩人の二人はランバードから降りてオーガを待ち構えている。あのオーガの一撃を受け止めるのなら、地に足を踏ん張ったほうがいい。オーガの威風を前にしても、その立ち姿に怯えは見えない。ただし、肩越しにこちらをチラリと振り向き、頷くガンジーには冗談を挟めるような雰囲気はない。

岩人兄妹の後ろには正一にまたがった俺が控え、背後を半円に囲むように小鬼族の騎兵隊が二隊並んでいる。今日は全員弓をオーガに向けて構えていた。

ドシンドシンドシンドシンと地を踏み砕きながらオーガが一直線に向かってく。目視での距離はその大きな歩幅と膂力によってみるみる内に縮まっていく。

百五十メートル……百メートル……五十メートル――

「――撃てっ!!」

俺の合図で、一斉に矢が放たれた。魔力を通した矢は魔物にも有効だ。だが、オーガの皮膚は分厚いうえに魔力も濃密。ギリギリまで引きつけての一斉射撃でも、刺さりはするが致命傷にはなり得ていない。重い足音が腹に響くほどまでに達し、オーガは手に持つ木を振るい絶え間なく飛来し続ける矢を払い落とす。

より猛り狂うオーガを前に、ガンジーとロッコは静かに身構え始めた。

今回の彼らの役目は、その硬さと重さを生かした受け役、ゲーム風に言うとタンクがメインだ。多分だが、オーガを相手にしても単純な力勝負にならなら負けないくらいのものは持っているし、彼らの拳が凶器なのはオーガだろうが変わらない。

ただ、いかんせん体格が違いすぎた。

大きいという事は、それだけでもリーチや体重の乗せ易さで有利になる。このままの条件でガンジー達だけを攻めの要として使うのはリスクが大きいと判断した。

よって彼らには、最初は守りに徹してもらうことにしている。

目の前までやってきたオーガは、その勢いで大木を横ざまに振り抜いてきた。あれほどの太さの大木ではありえないぐらいの風切り音に冷や汗が流れる。

ガンジーとロッコは、それぞれの腕を盾にして腰を落として真正面から受け止めた。すさまじい破壊音が鳴り響き、ガンジーとロッコの両足が地面に深く線を引き、やっと止まった。

オーガは振り抜いた体制のまま、牙を剥き出し二人を見下ろしていた。その手に持つ大木は半ばからひしゃげ飛んでいる。

それを見て――

「――今だっ。叩けぇ！！！」

一瞬動きが止まっていたオーガの脳天に、太い木の枝が次々と叩きつけられていった。

トレント達だ。

この周辺は比較的大きな木が生えており、その中にはトレントも多く混じっている。この場所にオーガをおびき寄せ、一瞬でも動きを止める。

前もって協力を取り付けていたトレント達には、そのタイミングで上から打撃を叩き込んでもらう手筈になっていた。

完全に不意を突かれ、四方の頭上から振り下ろされる重い攻撃にたまらず体制を崩しかけたオーガ。そこへガンジーがオーガの足に飛び込んでいく。

ラグビーのタックルのように横合から掬《すく》い上げられたオーガは、音をたて盛大に転倒する。

四つん這いになり立ち上がろうとしているところで、正一の上から背中へと飛び乗った俺の一撃がオーガの首筋へと突き刺さった。

切り落とすまでは至っていない。硬い筋肉に阻まれ、抜けなくなったスコップをそのままに背中から転げ落ちて逃れた。

転がりながら体を起こし、オーガへと視線を向けると――

ロッコが飛び上がり、オーガの喉仏を蹴り上げ首をへし折っていた。

オーガの首からくぐもった鈍い音が鳴り響き、四つん這いのまま声にならない呻き声をあげている。

その直後、全身の力がぬけ落ちたように地面に倒れ伏した。

倒したのを確認して、駆け寄ってきた二人の頭を撫で付ける。しゃがんで、二人の小手と胸当てを外させ傷や骨に異常がないかを確認した。

「ガンジー、ロッコ、お疲れ様。痛いところは？」

二人とも首を横に振っている。

協力してくれたトレント達にも触れながら、一体一体お礼を伝えていった。小鬼族達とも無事を確認しあい、初のオーガ戦は終了した。

ワーカーホリック予備軍

今回のオーガ戦では思うところが幾つかあった。

トレントがいてくれたから無傷でタコ殴りにできたけど、もしいなかったら小鬼族の何人かは怪我していたかもしれない。最悪被害者が出た可能性もある。今後、オークのように頻繁に複数匹で樹海に入り込む可能性も高い。

そう考えるとやっぱり、重量級にも対応できる生粋の武闘派種族が必須だな。

ということで、生物錬成の準備です。

準備するのは先の戦闘で手に入れたオーガの角を一本ずつ、骨も少々。イノシシの牙、そしてランバードに譲ってもらったタテガミと爪、いつもの魔力たっぷりな畑の土に俺の血を数滴。これを二体分用意した。

イメージするのは……武人。高い戦闘能力にタフな体、しなやかで強い筋力。どんな相手にも怯まない心。敵には非情に、味方には情に篤く。強力な外敵を打ち砕く存在。

そこまでしっかりとイメージを固めると、必要な分だけ魂力を注ぎ込んだ。


生まれてくるまでに一日以上かかった。

一応、すぐに服を着られるよう大きめの浴衣を側に置いておいたので、今は浴衣姿の男女が目の前にひざまづいている。

朝になって縁側の窓を開けたら、もうその状態だったので生まれてすぐそうしていたのだろう。……武人というイメージはちょっと行き過ぎだったのかもしれない。

とりあえず、そのままじゃなんなので立ってもらった。

——おぉふっ、こ、怖え！

まず男の方だが、身長は二メートルない位かな？　体つきはゴリマッチョってほどじゃないが、格闘家、武闘家といった雰囲気の程よく引き締まった肉厚な筋肉。素早く動き、重い一撃を繰り出しそうだ。

側頭部には髪がなく、天然のウルフカットのように黒髪がうなじを通って背中の上部まで伸びてタテガミになっている。今は目を伏せてはいるが、それでもわかる闘争心に溢れる瞳。

額には上に湾曲した、サイのように太い一本角。手足の指は異様にゴツく、そこから伸びる爪は杭のようだった。顔を上げて口を開けてもらったら、肉食獣独特のぶっとい犬歯が覗いている。

女の方は百八十センチほどで、男に比べて線を細くしたモデル体型ではあるが、それでもしなやかに鍛え込まれた筋肉がわかる。タテガミも髪質はかなりサラサラで美しく流れており、角も鋭く伸びている。指は男ほどではないがゴツく爪は鋭利なナイフのよう、まさに戦闘種族。

二人とも美男美女なため、余計に怜悧で獰猛な雰囲気をまとっていた。種族名は一角族《いっかくぞく》にした。

サイズがわかったので、とりあえず大きめの作業用ツナギを二人に渡し、この前手に入ったオークの使っていた西洋剣をそれぞれ渡しておく。

小鬼たちとは衛兵と武人ということで、どこか通じ合う部分があったようですぐに打ち解けていたが、緑小人はそれはもう怯えていた。モンテなんかは俺のフードから顔を出さなかったくらいだ。

それを見て、一角族の二人が目に見えて落ち込んでいたので、畑を歩いていた吾郎ちゃん一家が近づいて慰めてあげていた。優しいね。その様子をモンテがフードからチラ見していたのを知っているので、すぐに仲良くなるだろう。

岩人の二人を合わせた時は、武人の血がうずくようで闘いたそうにしていた。なんせ、と、ここまでは良かったんだが、一角の二人は予想していた以上に堅物だった。

俺から離れようとしないのだ。

二人にも近所の家をあてがおうとしたんだが、頑なに断ってきた。

なんでも俺を警護するのは最優先事項とのこと。側に仕えるためにも納屋に住みたいと言って聞かなかった。

納屋はさすがにあんまりだし、そもそもランバード用なので家の部屋をそれぞれ割り当てた。

そして側にいるのは一人にして、交代でちゃんと休憩するように説得したのだが、その説得にもかなり骨が折れた。

早めに一角族は増やそう。じゃないとワーカーホリックがさらに加速して、そのうち過労で倒れるかもしれん。

鬼の目にも涙

小鬼達の鍛錬は朝早くはじまる。

標準装備の杖を構え打ち合い、お手製の木刀での立会い、木弓の的当てなど、毎朝威勢のいい声と共に木と木がかち合う音が響いている。

オウッ　エイッ　オウッ
今日はそこに一際野太い声が混ざっていた。樹海一の武闘派一角族だ。

なぜこんな朝早くから、汗臭い訓練を俺が眺めているかというと、話は昨日の晩にさかのぼる。


夕食を食べ終え、モンテ、ガンジー、ロッコの四人でミュージック番組を見ていた。

興が乗ってきたのだろう、ちゃぶ台の上でモンテが変な踊りをし始めたので動画撮影していると――

「「上申いたすっ」」

大きな声が庭先から聞こえてきた。

びっくりしながら声の方を向いてみると、一角族の二人がそれはもう美しい土下座をかましていた。もうピターっと揃っていた。

――この前、時代劇見せたからだな。すっげー目キラキラしてたし。

「重ねて申すっ、上し――」

「――すいません！　温度差凄いんで、縁側に上がってもらえますか？　話ちゃんと聞くんで」

「「――かたじけないっ！」」

ちょードヤ顔だね。言いたかったんだね、そのセリフ。気持ちはわかるけどね。

でまあ、ロッコにお茶を入れてもらいながら話を聞いてみた。

この前非番の日を使ってガンジーと手合わせしてもらったらしい。

――ああ、それだけでお察し。

何でもその時の熱く重いパンチに心底痺《しび》れたとか、

――クッ！　脳筋度マックスかッ!!

自分たちも、もっともっと強くなりたい、だから小鬼族が毎朝やっている鍛錬に是非参加させて欲しいということだった。

んで、その許可と二人で一緒に参加したいから、俺にも付いてきてくれということらしい。

あー必ず一人は側に控えてるもんね。その時だけ離れるということは、聞くまでもなくありえないとの事。まあその時間はいつも起きてるからいいか、と頷いて。

——で、今に至る。

小鬼族の数倍はありそうな太い杖？　軽い丸太じゃねぇかという獲物で素振り。木刀を持って一角族二人の本気の打ち合い、弓矢の練習も含め、それはまあ顔を輝かせて参加していた。

小鬼族三人対一角族一人という形式での模擬試合もやっていた。何でも四方からの攻撃に備えたいらしい。バテたらもう一人と交代して、それをさらに延々と続けていた。

最終的には小鬼族騎兵隊一隊との模擬戦を連戦。さすがにこれには耐えきれず、地面に大の字なって倒れていた。

「おーい。生きてるかーい？」

「かっ、かたじけないっ!!」

言葉とは裏腹に、その表情は満ち足りていた。

しばらくした後、オーガが二匹立て続けに現れたことで、いまは一角族が六人になっている。これだけ人数がいれば当面は安心できるし、その内子供も生まれて増えていくだろう。一気に増やしすぎると、ルールとか環境とか対人関係とかが色々面倒臭そう。伊達に大学デビューに失敗してぼっちをしていないんだよっ!! ……言わせないでください。

さすがに一角族六人は多いので近所の家に住まわせているが、ローテーションで必ず一人は家に宿直して側に控えている。人数が増えたおかげで、朝の鍛錬に付き添わなくてよくなったのは何よりだった。

肝心のオーガ戦はどうだったかというと……まあ、何というかアレはひどかった。

まず、前回の戦闘経験を元に、小鬼族がうまく注意を引きながら時間稼ぎしてくれていた。お陰で被害は最小限に抑えられていた。

そして、一角族の二人とガンジーとロッコを連れて駆けつけたわけだが……以前冷や汗が流れたあのオーガの一撃を、一角族は一人で正面から受け止めていた。流石だね。

その間にもう一人がオーガの背後に回り、膝裏を蹴り体制を崩させチョークを決めたところで、ガンジーとロッコの生き地獄ボディブローが――ドドンッ、と連続して無防備な腹に炸裂していた。

悶絶するように地面に膝をついて、口から変な物を出している三メートル強ゴリマッチョなオーガくん。何かに堪えるようなその必死な形相に、一角族の蹴りがクリーンヒットする。気持ちいいくらいに容赦がなかった。そこからは小鬼族も一緒になって、もう見事にフルボッコ。

気のせいかもしれないけど……あの時俺は「鬼の目にも涙」という文字通りの光景を見た気がするよ。最後に一角族が、思い出したように背負っている西洋剣を構えてトドメをさしていた。

その数日後に来たもう一匹も、以下同文な感じで終わっていった。

――俺、もういなくていいよね?

魔物達の狂乱

その日、前触れもなくコボルトとゴブリンがある方向から大量に樹海に入ってきていた。

「レンさん、やっぱり南からコボルトとゴブリンが大量に侵入してきてます」

「他の方角でも見られるようですけど、それほど多くはないみたいですね。それと、大型の魔物なんかも少しずつ侵入し始めているようですよ」

緑小人の監視網だけでは正確さに欠けるため、偵察に出していた小鬼族騎兵隊からの報告を受け、それぞれ精査していく。

群れとしてのまとまった動きではなく、どうやら南の方角で大量の魔物同士が争っているようだ。手負いのゴブリンを追撃するコボルトもいれば、その逆もある。そしてそれに乗じてオークやオーガまで紛れ込んできていた。

彼らもゴブリンやコボルトを餌にしているので、いまや樹海の外縁部は血肉が飛び散る狂乱の様相だった。

もちろん放置しておけるわけはない。

「魔物同士で潰し合うのは構わないんだけど、樹海の町の中まで入られるのは困るね。子供達は家の方に避難させて、しっかりと護衛をつけておいてくれる？　偵察以外の残りは予定どおり作戦ポイントに集合で」

「「了解」」

普段から警戒していることもあり、この異常事態にも早めに対応できていた。争いの中心である外縁部から数キロ程奥に入ったあたりで防備を整え、樹海の町の総戦力で迎撃していくことにした。

緑小人達には安全な木々の上から索敵と哨戒を徹底させ、漏れのない通信網を構築している。近くにいるトレント達には、もしものために緑小人の護衛をお願いしておくのも忘れない。

小鬼族十人隊を二つ、ランバードに乗った小鬼族三人、一角族一人を一組とした騎兵隊を四つ、緑小人達の情報を元にテレパシーで随時指示をだしていった。

作戦本部である俺の側には岩人兄妹と護衛役の一角族二名がおり、オークやオーガ相手で戦力が足りない時には後詰として動いている。

最初は慣れない事もあり、ワタワタしているのを必死で隠していたが、今は戦況がうまく回り始めたこともあり落ち着いて対応できている。魔物達がまとまりなく散発的に入ってきているというのもあるだろう。朝までは気を抜けないが、無事終わりは見えてきている。

「ん？」

緑小人から焦った様子で情報が入ってきた。

オーガが三体とオーク三匹、加えてゴブリンがかなりの数追従しているらしい。他種族の魔物が共闘しているというのは初めてだったが、疑問に思っている暇はない。

「戦況が終息気味のここへきて、何やらおかしな動きですね？」

「うん………目標地点へ騎兵隊を二隊先行、念のため後詰として十人隊を一隊向かわせる。残りはこれまで通り警戒と残党の一掃を。先行部隊は状況がはっきりとわかるまでは時間稼ぎに徹することとっ。本隊が到着するまで無理はするなよっ！」

「「「応っ」」」

テレパシーで全体に指示を伝え、即座に俺たちも向かった。

道中襲ってくるまばらな魔物達を歯牙にも掛けず現場に到着すると、ゴブリン達が何かに群がっているあたりに幾つかの塊が目に入った。うちの子達かと危うく激昂しかけたが、よく見るとどれも俺たち側の犠牲者ではない。それに周囲を見渡すと、騎兵隊以外に魔物と戦っている存在が確認できた。

——人？　アルニア人か？

数人でオーガを一体相手にしている。小柄ながらゴツい体格からしてドワーフだろうか。それに混じって細っそりとした人物も共闘しているようだ。

騎兵隊たちは残りのオーガ二体、オーク一体（二体は既に倒れている）と戦っている。時折襲いかかってくるゴブリン達を躱しながらも上手く数を減らしていた。

――うーん、まぁとりあえず、手近な一体から仕留めるか。

「ガンジー」

「ん」

アルニア人達が相手取っているオーガの背後へと、言葉少なく応えたガンジーが駆けていく。ランバードの跳躍と合わせ、そのまま勢いを乗せて砲丸のように重い一撃を横腹にめり込ませた。

強烈な不意打ちに動きが止まるオーガ。その首筋に速度を落とす事なくスコップの一刀を見舞った。

スパッとした感触と飛び散る鮮血を横目に確認し、騎兵隊が相手取っている内のオーガ一体に黙って血に濡れたスコップを向ける。側に追従していた一角族の一人とロッコが飛び出していった。

俺たちの存在に気づき襲いかかってきていたオークは、側に控える一角族に切り伏せられている。それまでは足止めに回っていた騎兵隊も、後詰の存在に気づくやいなや一気に攻めにでる。ロッコ達が躍りかかったオーガとは別の一体と、周囲に散らばるゴブリンへと向かっていった。

そのタイミングで十人隊が到着した。

その場の魔物を一掃し終えたあと、生き残っていたアルニア人はドワーフが三人とエルフの女性が一人だけだった。

小鬼族や一角族にランバード、見た事もない種族だったのだろう。最初かなり警戒していたが、俺が指揮官であり、友好的なのがわかると崩れ落ちるようにその場に倒れ込んだ。どの人も血だらけで、所々に骨も折れてまさにズタボロ状態だった。さっきまで戦っていたことが驚きだ。応急処置だけを先に済ませようとしたが――

「――すすまんっ。コイツを早う手当しちゃってくれ!! 途中でオーガにいいのもろてしもたんじゃ！ 骨がエライ事になっとるっ!! 流れ矢にも当たっとるし……」

「………残念ですけど、その方……ちょっともう……」

背負われているドワーフは、首がおかしな曲がり方をしていた。見ただけで既に事切れているのがわかったが、よほど切羽詰まった状態だったのだろう。

「そ、そんな……なんでじゃ……」

「……」

抱えている同胞の死に、愕然とするドワーフのあまりの痛ましさに目を見られなかった。

他にも一緒に逃げてきた者達が近くにいると言うので、騎兵隊に周囲の魔物を処理しながら探してもらう。

他にドワーフ一名、獣人三名、小人族二名の遺体が見つかった。どれも酷く喰い千切られていたが、布でくるんで、生き残ったアルメニア人と一緒に町まで運ぶことにした。

その後も散発的に魔物が入り込んできていたが、残してきた十人隊と騎兵隊二隊で十分に対応できる範囲だった。

夜が明けるころには、魔物達の狂乱も終息を迎えていた。

魔物の捕食者

町にある診療所から大量の消毒薬と包帯、添え木などを持ってきてもらい、小鬼族の治療担当の子に任せる。小鬼族は衛兵隊として真っ先に戦っているので怪我も多い。自然とそういった役割の子が決まっていた。

名前はリナちゃんと言って、丸っこい顔つきの世話好きな女の子だ。彼女の柔らかい雰囲気は母親のようなやさしい包容力を感じる。彼女に手当てしてもらうのが、小鬼族男子の中では密かなブームらしい。

数時間後、家の座敷で包帯だらけになって川の字で寝ているドワーフたちがいた。唯一の女性であるエルフの部屋は一応別にしてある。色々と聞きたい事はあるが、とりあえず今は全員休ませておこう。

それよりも優先したいことがあった。

樹海の町周辺を包囲するように、魔物達の群れが増えてきているのは知っていた。このまま放置していたら、そのうち一気に樹海になだれ込んでくるかもしれないという懸念はあったが、町の戦力も順調に増えていっているし、今日まではそこまで深刻にとらえてはいなかった。

——もっと早めに手を打っておくべきだった。周囲の魔物を間引く存在を作ろう。

眷属図鑑

リナ(小鬼族)

ゴブリン、緑小人の遺体を植えた付近の土を元に作られた眷属。医療担当で、優しく看病してくれる女の子。

そのためにも、今日手に入ったばかりの中立の魂を有効活用させてもらう。アルニア人の魂は強かった。人間に比べると単純に倍以上は魂の密度が違った。十分錬成には足りる。

ということで生物錬成の準備を始める。

場所はいつもの家の庭ではなく、今回は少し離れた空き地を選んだ。

まずは一つ目。

富士山さん家からいただいてきたヒグマの爪、そこらにいる野犬の血、イノシシの牙、そして魔力を含んだ畑の土。これを八体分。

イメージは獰猛な肉食獣。魔物達を群れを率いて狩ることができる獣。硬い体皮を食い破る強靭な顎《あご》と牙、瞬時に距離をつめ獲物を捉える脚力と爪。そして高い狩猟能力。

しっかりとイメージを固めて中立の魂を注ぎ込んでいった。

そして二つ目。

カラスの血、富士山さん家から頂いてきた鷲の羽、ランバードの爪、魔力を含んだ畑の土。これを五体分。

イメージは……大空を悠々と飛び交い、獲物を見つけるや恐ろしいほどの速さで魔物に襲いかかる猛禽類《もうきんるい》。その太く鋭い鉤爪《かぎづめ》で相手を仕留め、強固な嘴は硬い皮でもやすやすと啄《つい》ばみ肉を食らう。

イメージがはっきりとしてきたところで中立の魂力を注いでいった。

少し仮眠したあとに、錬成した生き物がいつ生まれてもいいように夜通し待った。側には一角族が四人と小鬼族が六人、静かに控えている。

まず先に生まれたのは肉食獣の方だった。素材が混じり合った八つの塊が徐々に色づき生き物を形作っていく。

一体目、二体目と獣として生まれ始めた。それぞれの個体に濃淡の差はあれど、全体的にグレーの毛並みだ。ゆっくり立ち上がり、最初に俺を認識した獣がいた。その一匹は周囲に比べ、特に灰を色濃くしたチャコールグレーのような毛色。

視線が交差する。

どこかこちらを探っているかのように、澄んだ青い瞳を向けてきていた。他の獣たちも体についた泥を振り払いながら立ち上がってきている。

その姿で真っ先に目に入るのは牙だった。獲物に一噛みでとどめを刺せるような、下顎から外に突き出し、内側に湾曲している。杭のような太さだ。それが左右に三本ずつ並んでいる。大きな顎とそれを支える野太い首。大型犬を上回る体高。熊と土佐犬の中間のようなゴツい体つきをしていた。

周りの獣達が俺たちに視線を向け始め、牙を剥き低く唸り始めた。まだ体に血の匂いがついているのかもしれない。

即座に一角族が剣を構え前に出る。小鬼族達も各々槍や弓を構え臨戦態勢に入っていく。張り詰めた空気の中、獣の群れの一匹が空き地の隅からこちらを恐々と覗いていた緑小人に気が付いた。態勢を低くして今にも踏み出そうとした瞬間、声をかけた。

「そいつらには〝絶対〟に手を出すなよ」

言葉をかけた獣はビクリと体を大きく揺らし、こちらに向き直り怯えたように威嚇《いかく》しなおしてくる。

一角族の前に出た。周囲の獣たちが警戒する中、俺を静かに見つめている最初の一匹は未だに微動だにしていない。

「眷属には牙を剥くな。お前達の獲物は樹海の町の外にいるような魔物たちだ。……それ以外を無闇に襲うことは禁止する」

群れの長であろうその一匹から、一瞬たりとも目を逸らさずに話しかけた。脅すことなく、猛ることなく、媚びることなく、淡々とした口調で。

少しの間、静止した時間が流れた。

不意に長が俺に向かってゆっくりと歩き出す。一角、小鬼族達が反応しようとしたが、目で制止した。

目の前まできても歩みを止めず、俺に体を擦りつけ、背中に回り匂いをつけるようにゆっくりと一周していく。その間、彼の体に手を置いて毛並みを堪能した。ごわついていて、いかにも強そうだった。

――ふふ、モフラー好みではないね。

そのまま群れに戻り、一度だけこちらを振り返って他の獣を率いて消えていった。深く息を吸い吐き出すと、周囲に弛緩した空気が流れた。

「レン殿、あの生き物は何と命名されますか？」

「………マグイ。魔物を食ってもらうために産んだからマグイって呼ぼう」

「承知しました。皆に特徴を伝え、念のために警戒させておきます」

「そうだね。……やっぱりちょっと危なかったね」

俺の言葉を受け、苦笑い気味の一角族。心配させたようだ。

「もうレンさん、ああいうの止めてくださいね。あんな牙で咬みつかれたらどうするつもりだったんですか？」

「ランバード達がいなくて良かった……。あんなピリついた空気出してたら、制止聞かずに飛び掛かってたと思いますよ。アイツら結構気が短いから……」

「すんません、正直ビビってました。帰りたかったっす」

小鬼族達も冗談まじりにぶう垂れていた。まあ、アイツらかなり迫力あったしね。

やっぱり中立の魂は少し御しにくいところがある。

特に今回は魔物の間引きのためだから、相当に気性が荒く余計にだった。これが自分の魂力を注いだ眷属ならもっと話は簡単だったんだけど、今回は中立の魂を使わないといけない理由があった。

この前、一角族を初めて錬成した時に気付いたんだけど、眷属は俺から離れて暮らしたがらない。特に注いだ魂力が多ければ多いほど顕著だった。四六時中べったり、というようなことじゃなく（一角族は必ず誰かの側に仕えたがるが、それはあくまで護衛兼世話役の仕事として）、基本的に同じエリアで生活することを当たり前としている。

岩人の二人にしてもそうだ。まあ、あの子らは基本マイペースだから、一角族ほどわかりやすくはないけれど。それでも同じ家から出て別々に住もうとはしない。ましてや樹海から出て外で生きようとは考えもしていない。モンテや小鬼族たちも同じだ。

繋がりが強いからこそ、忠実に純粋に側にいたがる。

緑小人を見ていたら、世代を重ねるごとに徐々に薄くなっていってはいるようだが、それでもまだ十分強い。

眷属を親子や親族とするなら、非眷属は経営者と従業員位のちがいかな?

一応、生まれた時点で敬意や畏れはあるみたいけど、心服しているわけじゃないって感じ。気に入らなければいつでも辞めます的なスタンス。

だから今回のように、樹海の外も狩場にして自由に暴れてこいっていうのは非眷属のほうが向いている。ここより気に入った場所があれば、そのまま出ていって自分のコミュニティを作るだろうし、ここが良ければ適当に外で狩りをして、その辺に寝ぐらを作って最低限のルールを守って好きにやっていくだろう。

ま、一長一短適材適所ということで、そろそろ次の子らが生まれてきていた。

猛禽類の方は、青鳶《あおとび》と名付けた。

体は犬鷲より大きく全長は百センチオーバーとかなり大型だった。色は濃紺、目は黄色く猛禽類のそれだった。爪はランバード並みの凶悪な仕様になっていた。嘴は言わずもがな。

マグイのように今にも襲いかかってきそうな雰囲気はなかったが、周囲の木の上から睥《へい》睨《げい》されている状況は、普通の人ならガクブル間違いなしだろう。

声をかけて、肉を置いてやると下に降りて啄ばみ始めた。食べ終わりを待ち、マグイの時と同じようなことを話すと、一瞥《いちべつ》だけして空に飛び立っていった。一貫して超クールな生き物だ。

気がつくともう夕方になっていた。かなり疲れた。今日は早めに風呂入ってゆっくり寝よう。

――炭酸ガスが恋しいねぇ。

エルフのショッキング映像

ニュースでもあのゴブリンとコボルトの争いが報じられていた。

どこか胡散臭い自称魔物専門家が樹海の瘴気によるものといっていた。なんでも樹海へ近づけば近づくほど、魔物を凶暴化させる瘴気というものが色濃くなっており、そのため魔物達が続々と集まり群れが大きくなっているという。

――そんなもの感じた事ないいんだけど。

ただ、実際にあの時の規模は相当に大きかったらしい。どちらも百匹を越すような数の群れで自衛隊や政府が危険視して監視していたようだ。下手に刺激して都心部に魔物が向かってきては叶わないと、かなり神経質になっていたらしい。

徐々に膨らみ、いつ割れてもおかしくなかった風船が一気に破裂したかのように、両者がぶつかりあった。

そしてそれに対して、自衛隊も魔物殲滅《せんめつ》を試みて色々と作戦を繰り広げていたようだった。

ニュースでは言わない事も多く、ネットでは自由な発言が多過ぎる。正直どこまでが本当でどこまでがガセネタなのか検討がつかないが、それは保護したアルニア人に聞くとしよう。持っていた装備がある程度統一されていたことから、どちらも自衛隊所属のようだった。


さて、まずはエルフさんから言ってみよう。なぜかって？　それは聞かずとも男だったらわかるだろう。襖《ふすま》を軽くノックをすると鈴のような声で「どうぞ」と聞こえてきた。

遠慮なく中に入ると、エルフの女性は布団を出て正座で待っていた。開口一番命を救われた事に対してのお礼を、手をつき深々と頭を下げながら並べ立てていた。

ファンタジーの代名詞、エルフ美女からのＤＯ・ＧＥ・ＺＡは意外とショッキングだったこともあり、かなり慌てた。助けたことは助けたが、魔物処理に向かったらついでにそこに居た位だったので、そこまで言われても……というのが正直な気持ちだ。

様子を見る限り、かなり緊張している。後ろに控える一角族は外に待たせた方がよかっただろうか？

改めて彼女の様子を眺めてみると、頭を包帯で巻かれ、今は怪我から眼帯をつけてはいるが、それでもわかる美しさ。髪は金糸のような細さと艶やかさで、開けた窓から入る風だけでもかすかに揺れている。目、鼻、口、それぞれのパーツが出来すぎた造形のように完璧な造りをしていた。

最初に街中で見たダークエルフの女性は遠目だったためによくわからなかったが、息を飲む美しさというのは正にこういうことを言うんだろうな。

ほっそりとした体つきには確かな魔力を感じ、長い耳や雰囲気の神秘さと相まって、始めてアルニア人という存在を認識した気がした。

「怪我の方はどうですか？　この通り辺鄙《へんぴ》なところですから、あまり専門的な手当てはできないんですけど」

「重ねて申し上げますが、この度はいくら感謝してもしきれない恩義を受けました。手当ての方も十分すぎるほどです。先の女性に聞いた話では聞きたいことがいくつかあるとか。

何でもご質問ください、知りうる範囲のことをお話し致します」

貴族というか武人というか、若干固すぎるような言葉使いだったが、気にせず色々と質問を重ねていった。「あなたは誰でどこの所属なのか？」「なぜ、ここに来たのか？」「外の状況はどうなっているのか？」「一緒にいた仲間とはどういった関係なのか？」

矢継ぎ早にする質問に、嫌な顔せず一つ一つに丁寧に答えてくれた。表情を注意深く観察していたが、嘘をついているような違和感は感じられなかった。

要約していくと、まず、彼女の名前はルルさん二十一歳。自衛隊所属のアルニア人斥候部隊の一員との事。今回は樹海の周辺に縄張りを持つ魔物同士の争いを機会に、各魔物たちの集落の殲滅、及び樹海への偵察も兼ねていたらしい。

ところが、作戦が始まってみるとゴブリンやコボルトの一個体の力が予想以上に強く、どさくさ紛れに集落を攻撃する作戦は難航。それに加えて、樹海に近づけば近づくほど、事前の衛星偵察などでは確認できていなかったオークの群れやオーガの存在を何体も確認することになる。

魔物同士だけでなく人種の血の匂いを嗅ぎつけた大型の魔物達は、続々と戦場に乱入してきた。その結果、自衛隊が作戦を継続するのは非常に厳しい運びとなった。

何でも樹海の上空や近辺は、異様に高い魔素濃度（大気中に含まれる魔力量をこう呼ぶらしい）に覆われているからか、どうも正確な情報を掴みづらいらしい。

——そういえば、一時期からヘリコプターも来なくなったな。

そこで撤退指示が出されたのだが、先行していたアルニア人を主力とするような部隊は、すでに混乱状態となっており、魔物たちの戦場にほぼ取り残されることになった。特にルルさんのいた斥候部隊などは、ほぼ孤立無援の状態だったらしい。

直ぐに戦って切り抜けることは諦め、魔物達の血と泥を体中に塗りたくることで人種の匂いを誤魔化し、ひたすら隠れ潜みながら逃げ続けていたとの事。

それでも仲間達は魔物に襲われ食われ、また同じように戦場に取り残されたアルニア人部隊を見つけては合流して、というのを延々と繰り返し這々《ほうほう》の態で逃げ続けてきたようだ。

そこまできて、もう都心部に帰還するのは諦めて樹海の木々に身を隠しながら、何処か身を休めるところを探そうという事になった。

その後、オークやオーガの縄張りを強引に突破して、俺たちが知る状況に至ったようだった。

話の途中で「失礼しまーす」とリナちゃんがお茶を持ってきてくれていた。

ちらりコチラに視線を投げて来ていたので『もうそろそろその辺でー』と言う事だろう。

——確かに怪我人相手に話しすぎたね。

ちょっと姿勢を正して、

「ルルさん。貴方のこれまでの経験、境遇を聞いて、口が裂けても気持ちを理解できるとは言えません。ですが、ここにいる間は、魔物はもちろんの事、あなた方に危害を加える存在を立ち入らせはしません。それが、今私たちにできる唯一のことでしょう。どうかゆっくりと怪我の治療に専念して、今後の身の振り方をお考えください。あと、何かあればこの治癒士のリナに言ってくださいね。貴方のことをとても心配していましたから」

彼女の目を見て安心できるような声音を意識して伝えた。涙を堪え、再度頭を下げお礼を言う彼女を残して部屋を退出していった。

リナちゃんに話を聞いていた通り、真面目で実直な人のようだ。昨日は犠牲になった仲間を想い、声を押し殺して詫びながら泣いていたとも言っていた。話していても心根の真っ直ぐさが伝わってきていた。悪い人ではないだろう。

ちょっとだけ安心したよ。

お爺ちゃんズ

それにしても、中々に気を使う時間だったと、肩を揉み解しながら居間の方へ戻っていくとなにやら騒がしい。側にいた一角族と目を合わせるとこちらも首を傾げている、居間へと急いだ。

包帯だらけのドワーフの爺さんたちが、テレビのニュースを見ながら膝を叩いて野次を飛ばしていた。

「なーんじゃいその情報はっ!! わしらは見捨てられたんじゃぞ！ しかっとそれを報道せんかっ」

「ほんにじゃっ!! これじゃからニュースは当てにならんのじゃい」

「死んじまったあとで階級上げられて、どないせいゆうんじゃっ」

「これじゃから政府はのおっ、いっちょん信用できんっ」

「小憎たらしい顔しよってからにぃ」

「阿呆っ、アナウンサーのお姉ちゃんはキレイじゃろうがい！ それに記事読まされとるだけじゃぞ、そがなこと言うなっ」

「こん色ボケじじいがあ！　ええ歳こいてテレビ越しに色めいとるぞっ」

「おまえ、まーだガキこさえるつもりかい？　故郷になんぼでも産み落としろうがい」

「な、なんちゅう事言うんじゃ……わしゃぁ……あくまで一般論をじゃな」

「「おおぅっ、照れとる照れとる。ジジイが照れとるぞい」」

「くぅっ、やかましあっ、お前らゲンコツ食らわすぞ!!」

「「おおう！　上等じゃいっ、オモテ出いや」」

「あ、あのー」

当初、爺さん達の威勢の良い掛け合いに圧倒されて眺めていたが、どうやら喧嘩に発展しそうだったので思い切って声をかけてみた。

ちゃぶ台ごしに胸ぐらをつかみ合っていたドワーフ達の動きがピタリと止まる。

こちらの姿を確認するやいなや、スザザっと音がする勢いで全員が横一列に整列し直し、胡座状態で畳に指をつき、深々と頭を下げた。

「「助けてもろうて、恩にきる」」

「命に変わる恩がえしなぞ、そうそうできるもんじゃあないが。何ぞ儂らにできることあれば言うてくれ」

「あんたに頼まれた事なら、全身全霊込めてお応えしようぞ」

随分と豪放磊落《ごうほうらいらく》な性格の種族のようだ。隣の一角族を見るとどこか楽しそうにドワーフ達を見ている。気が合いそうだよね。

とにかく、頭を下げるのを止めてもらい、先ほどルルさんにお願いしたように自分たちの知る範囲で情報を教えてもらった。

都心部にはいろんな地方の人が大挙として押し寄せているからか、彼らの性格が出ているのかはわからないけれど、とにかくいろんな地方、時代の方言が入り混じっているのがちょっとおかしかった。

曰く、自分らは自衛隊所属のアルニア人工作部隊として作戦に参加。名前はイゴールさんにアゴールさんにウゴールさん。皆さんご兄弟らしく、顔もそっくりのために見分けがつかない。だって顔半分はヒゲに覆われてるからね、体格もほぼ一緒だし。俺の中ではお爺ちゃんズと統一する事にした。まあ、作戦内容や経過などはエルフのルルさんと大差なかった。

皆さんが話してくれたのは、自衛隊内でのアルニア人の扱いだった。相当に不満が溜まっていたらしい。

最初転移してきてすぐ、自衛隊員がやってきて保護されたようだ。訳も分かっておらず、言葉も通じず、ただ相手の武装が不可思議で人数も多く、好奇心と妥協によっておとなしく連れられていったらしい。それにその時点では、こちらを無下に扱うような素振りも感じなかったとの事。

その後も少しずつ自分たちに日本語を教えてくれて、今の世界の状況を説明してもらったようだ。突如現れた異世界のアルニア人やそこからくる魔物達の対応に追われているということを。その上で、是非同郷の仲間と一緒に自衛隊の力になってほしいと頼まれ、了承した。

それからは最初に危惧していたような奴隷扱いはなく、ちゃんと満足のいく衣食住も与えられ、監視されていて自由はあまりないが特に不便は感じていなかったようだ。他の自衛隊員達との関係も良好で、よく酒を酌み交わしていたらしい。

ただし、徐々に状況は変わっていった。

都心部の積み上がっていく問題から、政府や自衛隊への非難の嵐。そしてアルニア人に対しての風当たり。少しずつ、本当に少しずつ待遇に変化が現れていった。食事や娯楽は制限され始め、半ば強制的に連行されてきた仲間も増え始めた。

それに伴い「アルニア人は強いから」という単純な理由から、常に都心部防衛戦の最前線に行かされ、ろくな休みも与えられず各地の現場をたらい回しにされる日々。

まあ、確かに自分らには自衛隊員ほどの集団戦の経験はないし知識も足りない、その上食わせて保護されている以上はある程度の扱いは甘んじて受け入れる。ただし、それでも不満は募る。

国全体がどんどん余裕がなくなり、アルニア人にとって悪い方向に動いているという危機感も日に日に増していっていた。

それで今回の大規模な魔物同士の争い、その隙に魔物集落を一気に壊滅しようという作戦だが、前線に出される実行部隊はほぼアルニア人で占められていた。

結果は事前情報との食い違いから、戦力不足に乱戦で指示系統はボロボロ。挙げ句の果てにはアルニア人を見捨てるような撤退指令。もうさすがにうんざりで、どさくさまぎれをいい事に樹海に逃げ込もうとして今にいたるとのこと。

喧々囂々《けんけんごうごう》と語る彼らの気持ちをなだめながら、とにもかくにも「まずは体を休めてくださいね」と伝えると、元気よく「応っ、有難い」との返事とともにちゃぶ台の周りへ座り直した。

どうやら居間には居座るつもりらしい。

軽くため息を吐きながら、このお爺ちゃんズから避難しているであろう、ガンジー、ロッコにモンテの三人を探しにいった。

エルフ視点①

魔物たちとの絶え間ない乱戦を逃げ回り、疲労もピークに達していた。

集中力も欠けていたため、あと少しで樹海というところで鼻の効くオークに嗅ぎつけられてしまった。

あとはもう、オークやオーガのうろつくポイントを強引に突破するしかなかった。

それにつられて周囲をうろついていた大量のゴブリンどももハイエナの如く群がってきていたが、樹海に踏み込んだ瞬間その大多数は引いていった。


空気の密度が変わった。

周辺でも十分に濃密な魔素が漂っていたが、樹海の中はそれを軽く上回っている。もはや物理的な重さを感じさせるほどの魔素濃度の高さに、一瞬息が詰まりそうになった。

魔物どもが、なぜ樹海の周囲に集落を作り、中で暮らそうとしないのか謎がとけた。この魔素濃度に慣れていない弱い個体は、きっと急激な変化で魔力酔いを起こし動けなくなるのだろう。だから、周囲で暮らすことで徐々に慣らしているのかもしれない。樹海に近づけば近づくほど、魔物の頑強さが上がってきていたからほぼ間違いないだろう。

先ほど引いていった魔物達は、まだ樹海に入れるようなレベルではなかったのだ。そして追ってくる魔物達は、そのレベルに達しているということだった。

怪我した者に肩を貸し、背負い、必死に庇いながら仲間達共に走り続ける。後ろを振り返るとオーガの巨体が三体ほど目に入った。その後ろにもオークとゴブリンが数え切れないほど追従している。

——クソっ。

しかし、これだけの濃厚な魔素漂う魔境なのだ。その奥にはこの魔物の主、はたまた高位の精霊が存在している可能性が高い。樹海の奥にいくに連れてゴブリンやオーク達が少しずつ追従を諦め始めているのがその証拠かもしれない。

——その存在の縄張りに駆け込むことができれば、助かる可能性はあるはずだ。

その存在に捕捉されたら終わりなのだが、その目を掻い潜りさえできれば今の状況よりはまだマシになるかもしれない。生き残れるかもしれない。もしかしたら、その存在が助けてくれるかもしれない。

地球に来て、文字を覚え読んだ本の中に、蜘蛛《くも》の糸にすがる亡者の話があったが、まさにこんな心境だったのかもしれんな。ふと思い、自嘲気味に笑みがこぼれた。

「――あっ」

数メートル後ろを走っていた女の声を聞き、振り返った。一緒にここまで逃げてきた獣人の仲間だった。もともと足に怪我を負っていたが、とうとう体力にも限界が来て、足をもつれさせたようだ。

地面に倒れこみ、起き上がろうと腕に力を入れるが体が持ち上がらない。助けに行くため足を向けようとしたところで目があった。口が音なく動いている。

『行って』

瞬間、迷いが生まれた、その女を支えながら走っていた獣人の男が、助け起こしながらこちらを睨みつけ「止まるなっ」と怒鳴ってくる。その横には短剣を構えたもう一人の獣人の仲間がいた。すでに魔物達の方を向いている。

近くにいたドワーフに強引に腕を掴まれ、引きずられるように駆け出していった。背後では興奮したような魔物達の声と、仲間の悲鳴が聞こえてきていた。

次に倒れたのは小人族だった。彼らはアルニアにいた頃は町で小さな食堂を営んでいたらしい。配属された部隊は違ったが、陽気な性格で基地内や共同訓練で会えばよく笑わせてくれていた。側にいたもう一人の小人族と何やら話し、こちらを向いて首を横に振ってきた。

唇を噛み、情けない顔をしてまた走り出したが、少ししてドワーフ達が騒ぎ出した。一緒にいたドワーフが一人いないらしい。

まさかと、目を向ける。

残った小人族たちの横に立つドワーフの背中が一人見えた。乱戦の中合流して、周囲に比べて非力な小人族達をなにかと気にかけていた面倒見の良いドワーフだった。すでに魔物達は彼らの目前に迫っている。

そして、小人族達と戦いながら魔物の群れに飲まれていった。

側を走るドワーフ達が彼のことを大声で罵倒している。言葉にならない嗚咽を交えながら。

――なんなんだ。何なんだ……コレはっ。

いつものように森を探索していただけだった。急に霧が出てきたと思ったら、知らないうちに地球に飛ばされていた。

言葉もわからず、人種も文化も違う、これまで辿ってきた歴史も違う。一つも共有することがない世界で……私たちはなんとか受け入れられようと頑張ってきた。日本語を覚え、文化を覚え、礼儀を覚え、文句も言わずに言われるままに部隊に入った。

同じアルニア人でも、中には戦闘をしたことがない者だってたくさんいたんだ。地方で静かに農作物を育てて生活していた者、交易で生計を立てていた者、学校で子供達に勉強を教えていた者もいた。主婦だっていた。

それでも地球人に比べれば魔力の扱いになれている。

だから、同郷の者達で必死に戦闘技術を教えあい、魔物被害で怯える地球人達のために最前線で戦ってきた。地球人達と同じように、ゴブリンにすら怯える者達だっていたけれど。それでも、アルニアから突前現れた私たちが、地球人に受け入れられる為には役に立たなければいけない。価値を認められなければいけない。だから、戦ってきた。地球人達の壁になって。

それなのに……あんまりじゃないか……

……私たちの最期は、コレなのか？　私たちはなにか、それほどの罪を犯したのだろうか？

もう、走る気力が抜けてきた。音を立てて自分の中の何かが崩れていく気がする。

目の前を走るドワーフが私に向かって怒鳴っている。腕を引かれている。それでも足が前にでようとしなくなっていた。その時――

――私たちの側を何かの黒い大きな影が、連続で駆け抜けていった。

続く魔物達の雄叫び。

私は力なく顔を向けた。

黒い大きな鳥のような生き物に人が乗っている。小柄だが子供なのだろうか？　その者たちの先頭を走る二人だけは、体が大きく額には見事な一本角が見えていた。良く見ると口角が上がり、どちらも何処か笑っているような気がした。

エルフ視点②

目の前にいるオーガに向けて、少しも速度を落とさず突っ込んでいく。後ろに追従する小柄な者達も同様だった。

オーガがさらに雄叫びをあげ、拳を振り抜いてくるが、先頭の者は軽く体を傾け首を横に反らしただけで避けていく。もう一人の男が通り過ぎざまに、剣をオーガの体に滑らしていった。

二人ともそのまま進み、先にいたオークへ剣を振り抜きあっさりと両断し、さらに他のオーガへと別れて向かっていく。

胸元を切られてたたらを踏むオーガを、追従していた小柄な者達は流水のように滑らかに避け、手に持つ杖を叩きつけていく。たまらず、そのオーガは膝をついた。

それぞれが流れるように魔物の間を縫い、時に飛び交い、それまで私たちを追い詰めていた群れをかき乱している。

「助かった……のか？」

状況を飲み込めずに、ただ呆然とその戦いを眺めていた。周囲にいたドワーフ達も同じだったのだろう。

――ボグリ、という鈍い音と何かが叩きつけられたような音を聞くまで、時間が停止してしまっていた。

ハッと気がつき見上げると、先ほどまで視界の隅で膝をついていた、胸から血を流すオーガが側に立って我々を見下ろしていた。殴り飛ばされたドワーフの名を呼ぶ声を皮切りに、やっと武器を構えオーガに備えた。

巨大な拳を叩きつけてくる。残るドワーフ達と共に、的を絞らせないように動き回る。隙を見つけては武器を叩きつけるが、もはや体力は限界で、枯渇しかかっている魔力ではまともにオーガに傷を負わせることができていない。

それがわかっているのか、オーガはなぶるように我々を追い詰めていく。

盾を構えたドワーフが吹き飛ばされた。それをかばうように立ちふさがる他のドワーフを見て、とっさにオーガへと飛びかかるが蠅を振り払うように地面に叩きつけられた。

どこかの骨が折れた音がした。

声にならない呻き声をあげ、地面に手をつき起き上がろうとする。口に溜まった血を吐き出し顔を上げると、愉悦に歪んだオーガの顔があった。

直後、オーガの横っ腹に凄まじい速度で何かがめり込んできた。肉の潰れるような音と共に。そしてそれに続くように、黒い風が音もなく通り抜けていった。

オーガの首が、ニヤけ面のまま宙を舞っていた。

ボーン、ボン、ボンとボールのように落ちて弾むオーガの首を見て、通り過ぎていった存在の方へと視線を向ける。

先に来ていた者達と同様の大型の鳥に乗った、若い男だった。黒髪にあの顔立ち、日本人だろうか。

その男は周囲を軽く見渡し、自身の武器を一匹のオーガへと差し向けると、即座に側にいた者達が飛び出していく。

彼らに襲いかかろうとしていた一匹のオークは、側に控える一本角の女に斬り伏せられていた。

戦闘を始めていた者達も、後続の戦力と阿吽《あうん》の呼吸で合わせ動いていく。一本角の者達と一緒に、驚くほどの働きを見せる小さな少年、少女も混じっていた。

残るオーガも、周囲に散らばる無数のゴブリン達も、すでにただの獲物と成り下がっている。

そして、別の方角から新たに現れた小柄な者達が止めとなり、戦闘はあっけなく終わっていった。


魔物達は狩り尽くされ、今は目の前にいる小柄な女性に手当てを受けている。最初にオーガの一撃をもらったドワーフは残念ながら首を折られていた。

あの日本人が連れている者達の種族は判明してない。ドワーフに聞いてみてもわからんとの事だった。アルニアにも地球にも見たことのない種族たちだ。

ただ、わかっていることはとにかく強いという事。身体能力、戦闘技術はもとより、どの者も纏う魔力量が圧倒的に多いのだ。

小さな角がある小柄な者達でも十分に多いのだが、先の一本角の戦士達は溢れんばかりに張っている。日本人の側にいる、額に美しい鉱石の埋まった少年と少女はまた桁が違った。人種というよりは精霊種に近い存在のようだ。

そして、指揮官の日本人だ。

あんな量の魔力を纏い内包する人種は、エルフの大長老さま達ですら見たことがない。

魔物達が樹海の奥に近づきたがらない理由はこれなのだろう。

状況が好転したことに安堵していたが、今は別の緊張感に張り詰めていた。

エルフ視点③

それから私たちは、樹海の奥地へと連れられていった。私を含め、怪我の重い者は巨鳥に乗せられている。腰を支えられながら跨る時、こちらを振り返りジッと睨みつける巨鳥と目があった。

あまりの迫力に、ゴクリと生唾を飲み込み「し、失礼する」とつい声をかけて跨ると、また前を向きなおしていた。かなり賢く気位の高い生き物のようだ。今でも少し怖い。

また、仲間の遺体を綺麗に布で覆い、丁重に扱い運んでくれてもいる。それを見て、少し彼らに対する警戒心は薄れていた。


奥に進んで行くにつれて建物が増えてくる。

不思議な町だった。我々が住んでいた都心部ではあまり見られないような、木造りの家がポツポツと立ち並んでいる。アルニアの家造りともまた違った趣のある建物だ。

そして、そのどれもが樹海の植物に覆われていた。屋根や柱には蔓が巻き付き、古い家屋と樹々が融合している。アスファルトの道路には樹々の根が侵食し、ところどころで電柱や自動販売機が横に倒れ、車は乗り捨てられているような有様だった。だがそれに蔓や苔、名も知らぬ植物が絡みつき、独特な美しさが生まれていた。

文明を感じられはするが、何百年前に森に侵食されたといっても通じるようだ。

大きなニワトリのような魔鳥が我が物顔でうろつき、それを一飲みにする大型のトカゲ。

目の前を小虫が飛び回っていると思えば、どこからか伸びてきた透明の何かに捕食されていた。どこからともなく聞こえてくる大きな虫の羽音、その度に日本人の男は足を止め周囲を油断なく見渡していた。彼のような存在ですら、危険視する生き物もいるようだ。

そして何より驚いたのは、この町のいたる所に妖精が住み着いていることだろう。植物を小さくしたような姿に手足を生やし、無邪気に遊びまわっている姿はまさに森の妖精。エルフの長達から聞いた事があった。強く清浄な魔素の満ちる森では彼らが住み着くと……。それは自然を何より大切にするエルフにとっては聖地も同じ場所、決して汚してはならない場所だと。

そして、そんな森妖精達に誰よりも群がられている日本人が、とても不思議な存在に見えていた。

私とドワーフの三人は一軒の家に連れて行かれた。

庭では多くの緑妖精達が住まい、思い思いに遊んでいる。畑にある作物も、よく手入れされており青々と実っていた。驚いた事に庭の隅には、樹齢を重ねた大きなトレントもいた。妖精達と戯れている姿は心を落ち着かせてくれる。

それぞれに部屋をあてがわれ案内される。私は女性である事を気遣ってもらい、個室を用意してもらっていた。

女性の小鬼族（治療されている時に教えてもらった）に、もう一度怪我を簡単に見てもらい、畳の上に布団を敷いてもらうと横になった。すぐに飲み物を持ってくると言い残し、彼女が部屋を出て行く。

天井を見上げ、痛む身体を動かしうつ伏せになる。綺麗に洗われた真っ白なシーツと干されたばかりの布団の香り。

枕に顔を埋めて……声を押し殺して泣いた。

無事に生きている事、生き延びれた事、仲間を犠牲にした事、見捨てた事、助けられなかった事。……ただ、ただ、ただ……怖かった事。

頭の中がグチャグチャで考えがまとまらないけれど、とにかく涙が止まらなかった。有り難い事に、小鬼族の女性はしばらく部屋に訪れなかった。


翌朝、襖をノックする音で起こされた。

返事をすると昨日と同じ小鬼族の女性が入ってくる。傷を消毒し直し、添え木の固定を確認し、新しい包帯を巻き直してくれる。それが終わると、一度部屋を出てすぐに盆に朝食を載せて持ってきてくれた。

暖かいお粥《かゆ》と味噌汁、そして漬物。

利き手の骨が折れていたので、小鬼族の女性に食べさせてもらう。熱すぎないようにレンゲですくって、息を吹きかけ口に運んでくれる。子供の頃に熱を出して母親に看病されているような気分だった。

ゆっくりとご馳走を味わい、今は緑茶を入れてもらっていた。

「……あっそうだった、今日レンさんがお話を聞きたいそうなんですけど、どうします？」

小鬼族の女性に茶を渡されながら尋ねられる。

「レンサン？　レン……殿？　というのは皆を指揮していた方の事ですか？　それならいつでも構いません。こちらの都合なぞ、お気になさらないでください」

「それでは、昼過ぎ位に来てもらいましょうか？」

「……………はい、それでお願いします」

泣きはらして腫れぼったくなった目を気遣われているのが、少し恥ずかしかった。

襖を静かに叩く音がする。来られたようだ。

布団から起き上がり、正座をして姿勢を正し「どうぞ」とお声がけをした。

レンとよばれていた日本人が入ってきたのを確認し、深々と床に手を付き頭を下げる。

この国の最上級の敬意と謝意を表す作法と習っていた。そして、面目をかなぐり捨て、相手に心からの気持ちを見せるやり方だとも。

命を救われ、犠牲になった仲間の尊厳すらも守り、そしてこれほどの手厚い看護を施してくれるお方だ。この作法を使うのは今なのだろう。

「この度は、仲間と私の命を助けて頂き、誠に感謝いたします。その上このように手厚く遇して頂き、どれほどの感謝をしてもし足りません。このご恩をお返しするために何かできることがあるのであれば、遠慮なくおっしゃってください」

それを見て慌てたように顔を上げさせ、そこまで大したことはしていないと、アタフタしながら話す男の顔を……意外に思い見つめてしまった。

その後、お互いに名乗り合い、レン殿に請われ私の知る限りのことをお話した。テレビやネットでの情報は知っているが、詳しい社会情勢には疎いとのこと。

一時間以上は話し込んでいたのかもしれない。

私たちの部隊の話、今回の作戦、仲間の犠牲などを話した時には、本当に悲しそうな目を向けてくれていた。最初に感じていたイメージとのギャップもあり、妙に印象に残ってしまった。

——こんな目で……地球人に見られたのはいつ以来だろうか？

そこからもレン殿の質問に答えていた。すると、お茶を盆に乗せて小鬼族の女性が静かに入室してきた。

レン殿が一瞬彼女に目をやると、私を見つめ直し改まった様子で話し始めた。

「ルルさん。貴方のこれまでの経験、境遇を聞いて、口が裂けても気持ちを理解できるとは言えません。ですが、ここにいる間は魔物はもちろんの事、あなた方に危害を加える存在を立ち入らせはしません。それが、今私たちにできる唯一のことでしょう。どうかゆっくりと怪我の治療に専念して、今後の身の振り方をお考えください。あと、何かあればこの治癒士のリナに言ってくださいね。貴方のことをとても心配していましたから」

地球に来て……ずっと誰かに言って欲しかった言葉を、言ってもらえた気がした。

涙を堪えるのが難しくなり、頭を下げることで顔を隠していると、静かにレン殿は退室されていった。

エルフ視点④

私の世話をしてくれていた女性はリナという名前だったようだ。

彼女が部屋に来た時、自己紹介がまだだったことを詫びると、コロコロと笑っていた。クリッとした目にちょっとふっくらとした可愛らしい顔が、ほんわかとした笑顔になっていると、ささくれていた心が少しずつ癒されていくようだった。

数日も経つと、ちょくちょく居間のほうからドワーフ達のダミ声が聞こえてくるようになった。

彼らは、なんというか……ガサツすぎる。

他人の住居でも自分の家のように振舞い、無遠慮に言葉を投げつけてくるので、エルフたちは苦手にしているものも多い。エルフは所作の美しさや、言葉遣いの流麗さなどを大事にするので、ドワーフとは何処か噛み合わないのだ。ともに戦う仲間としては文句なく頼りになるのだが、普段ではちょっと遠慮したい相手だな。

それに今は、犠牲になった仲間達を想い喪に服したい。

ドワーフ達が仲間を弔っていないということではない。あの賑やかさが、ドワーフ達なりの死者に対する慰めだとはわかっている。

彼らは兄弟を二人も亡くしている、悲しくないはずがない、辛くないはずがない。それでもしんみりと涙にふけるのは、ドワーフとしての流儀に反するのだろう。笑って、騒ぎ、いつものように喧嘩して、先に逝った者達に『心配するな』と伝えているのだろう。

だが、私は……今は静かに過ごしたい。

そんな気持ちを汲み取ってくれたのか、最近はリナがよく付き合ってくれる。一緒に部屋でご飯を食べてくれるようにもなったし、大分動けるようになった体を起こし、散歩にも連れ出してくれた。

——そういえば、あれほどの傷がここまで早く治癒されるのも、ここの魔素濃度のおかげなのだろう。つくづく常識の通用しない場所だな。

リナが話す内容は、本当に他愛ないことばかりだ。

小鬼族の誰々と何々ちゃんが納屋でこっそり会っているのを見てドキドキしただの、子供達がいつもいたずらしてくるのでとっちめる作戦を練っている所だの、最近ロッコちゃん指導のボクササイズ効果が出てきただの。

ボクササイズに関しては、リハビリも兼ねて私もたまに参加させてもらっている。ロッコ殿は無表情で感情が読みにくいが、邪険にはされていないようだ。リナに甲斐甲斐しく世話されているような所を見ると、見た目が少女な事もあり微笑ましい。

あと、この前レン殿が緑小人達に猛烈に怒られていたのを見ておかしかったとも言っていた。彼がしょんぼり怒られている姿が想像できないが、一体何があったのだろう？

たまにリナの後ろについて来ているモンテという緑小人（森妖精はこう呼ばれていた）はレン殿の世話役なんだそうだ。

「レンさんは世話してるのは俺だって言うんですけど、本当はモンテちゃんが面倒見てあげてるんだもんねー？」

そう言ってモンテのお腹をコチョバかして遊んでいる。

私も一緒になってやってあげると、その場にひっくり返って手足をジタバタ動かしてキャラキャラと笑っている。ちょっと止めると『もっとー』とせがんでくる様子はまるで子犬のようだな。

部屋にこもりがちになってしまっていた私の部屋に忍び込み、布団の上で転がっていたのを見た時は少し驚いたが、この子の無邪気さにはすぐに絆《ほだ》されてしまった。

他の緑小人達も見たくて、縁側に座り庭を眺めるようにもなった。私の膝の上でのんびりとしているモンテと共に、今ある平穏を噛み締めている。

傷が治ったら、レン殿にこの町に住みたいと頼んでみよう。

アルニアの冒険者

先日、近所の民家から手に入れた『ボクササイズ入門』をロッコにあげた所、かなりストイックにハマっている。拳の風の切り方に凄みが出てきた。ルルさんの話相手にと、ウチによく遊びにきているリナちゃんも興味を持ったようで、二人で練習している姿を見かけるようになった。

そして、ルルさんはそれを縁側から長閑に眺めていることが多いが、たまに形ばかりの参加もして楽しそうに話している。ガールズトークというやつだろうか。

大変な目にあったせいで、元気がない時期が続いてはいたが、最近は少しずつ笑うようになってきて安心している。きっとリナちゃんのおかげだろうね。

そこで、俺も何かしてあげられないかと思い考えていると、ボクササイズがもっと楽しくなるようにサンドバックを作ってあげようと思い至った。ボクササイズはダイエットだけでなく、ストレス発散としてジムに通っているＯＬも多いと言うしね。きっと気晴らしになりスカッとできることだろう。

そこで色々材料を探してみたのだが、サンドバックほどの重い物を詰められて程よく柔らかいものといっても中々見つからない。ボクササイズ入門を手に入れた民家に行っても、せいぜいグローブがある位だった。

——困ったなぁ。

仕方がないから代わりになる物を作ろうと思い、庭のイチョウトレントに布団を巻きつけてみた。

結果、その日の内に家出していた。


緑小人の捜索網をフルに生かした結果、町の隅に布団を巻きつけている怪しい樹があると目撃情報が入ったので、急いで駆けつける。

俺とロッコの姿を見つけた瞬間また逃げ出しそうになったので、一角族とガンジーにも協力してもらいしっかりと四方を包囲して、心の底から謝って帰ってきてもらった。自分でやっといてなんだが、サンドバック代わりはあんまりだったと思う。

家に連れ帰り安堵していると、緑小人達から散々怒られてしまった。皆から蔓でペチペチされてしまう。イチョウのトレント爺さんがいないと寂しがる子が多いからね。

優しさも方向性を間違えたら暴力になるんだなーとこの日胸に刻んでおいた。

そんな日々を送っていると、ルルさんに話があるので時間を作って欲しいと言われる。かなり改まっていたので、ルルさんとちゃぶ台を挟んで身構えている。なんてことない、このまま樹海の町に住まわせてほしいという話だった。

彼らには最初少し警戒もしていたが、それなりに一緒に生活していれば人となりもわかるし、何よりリナちゃんやモンテがかなり懐いているしね。

もちろん大歓迎だと伝えると、縁側で聞き耳を立てていたお爺ちゃんズも「ワシらも頼むぞい」と便乗してきた。

町に住むに当たって、何かしら仕事を割り振って欲しいという話になった。できる事を聞いていくと、さすがエルフという特技で、弓の扱いに長けているらしい。

ならば、小鬼族や一角族たちの弓の指導員兼製作をしてくれないかと提案し、快く了承してもらった。今では小鬼族の担当となっている狩りの方も、故郷では冒険者をやっていた事もあるので手伝えるらしい。ザ・森の民ですね。

さて、ここまでの話で何かおかしな部分があっただろうか？

なぜか、そばに控えている一角族の口角が吊りあがっている……。いや、ちょっとマジ

で怖い……そろそろ全力で謝ろうと思い、

「ご、ごめ――」

「――上申いたすっ！」

無駄に美しい土下座を決めて、畳の一部に穴を開けていた。

――出たわ、コレ出たわー。

彼らは何か頼みごとがある時は決まってコレをやる。変な癖《くせ》を付けさせてしまったと後悔している。

その勢いにはルルさんもびっくりしてるね。大体想像はできていたけど、一応話を聞いてみよう。

なんでも、アルニア人の冒険者の戦い方に興味があるらしい。以前の戦闘ではほぼ観られていなかったし、ルルさんも満身創痍だったろうから、改めて自分と手合わせをして欲しいとのこと。

「嫌なら断ってもいいですよ」と万感の想いを込めて笑顔に力を入れて言ってみたのだが、

「怪我も完治したし軽くなら」と穏やかに笑って答えてくれていた。

やや顔を上げて、期待の籠った目で俺の顔を見上げてくる一角族の女。

「じゃあ……本当にかる――」

「──かたじけないっ!!」

「……ちょっ聞いてる?　本当に軽──」

「──かたじけのうござるっ!!!」

ワクワクが止まらない子供のような目と笑顔で一角族に押し切られ、小鬼族達が訓練に使っている原っぱに訪れていた。お爺ちゃんズも興味があるらしく同行している。

立会い

お互いに木刀を構えあい、立会いが始まった。

先手必勝とばかりにルルさんが飛び込んでいく、そこから繰り出す斬撃は思いの外鋭い。

「軽くなら」と笑顔を浮かべていたはずだが、実は相当な負けず嫌いなのかもしれない。もし揉めた時は積極的に謝ろう。

対する一角族の女にとっては、まさにご褒美だったようで、ギリギリのところでかわし続けてすごく楽しそうだ。

その様子を見ていると、確かに彼らの手合わせの相手は魔物相手に磨いた技術を持つ者ばかりで、こんな高い対人スキルを持つ人との戦闘は初めてだろう。樹海一の戦闘狂種族が手合わせを望む気持ちもわかる気がするな。

相手の間合いでは戦わず、体格差を利用して懐に入り込む。一撃必殺のような大ぶりはなく、細かな攻撃で相手の動きを制限していく。視線や仕草でのフェイントで誘導することもあった。まともに受けるのではなく流すように木刀を滑らせたかと思いきや、相手の動きにかぶせるカウンター気味の攻撃。相手の気持ちを乱すような挑発と表情などなど、これまでの一角族や小鬼族たちの訓練の中にはなかったような技術が組み込まれている。

ただ、それでも一角族には届かない。

持ち前の反射神経、動体視力に身体能力を駆使して、全てが楽しいゲームのように次々とクリアしていく。それに、さすがは武闘派種族というかなんというか……しっかりと技術を吸収し始めていた。

ルルさんもやはり悔しそうだ。なんとか一手を入れようと更に回転を速めていくが、一角族を捉えきれていない。

そこで何か策を考えついたのだろうか、少し距離をとった。

おや？　少し魔力が動いたかな……と思った瞬間――

ブワリッと一角族の足元から風が舞い、砂ボコリが巻き上がった。咄嗟の事に目を細めてしまったせいで、ルルさんの接近に反応するのが遅れている。

――カァン、と硬い音が鳴り響いた。

避けるのを諦めた一角族の、木刀ではなく頭突きのような一本角の叩きつけを、ルルさんが間一髪で防いでいた。一角族の口元には太い犬歯がいつも以上によく見えていた。

「へー、ああいう感じで風を使うんですねー」

初めて魔法を戦闘に取り入れている所を見られて、少し感動していた。

一時期ネットでオタク達を熱狂の渦に巻き込んだ魔法の存在だが、アルニア人からの魔法技術と知識が浸透するにしたがって、夢を打ち砕かれた若者たちが続出していた。ラノベの世界では今や常識といってもいい『固定砲台』のロマン。不可能ではないが、魔力量のコストがあまりに非現実的とのことだったのだ。

普通に自分の属性を魔力で放出するのは特にコストは問題ない。

ゲーム風に例えるとすると、水を十出そうと思えば魔力を十消費する感じ。他の属性も一緒だね。生活で役立つ位のレベルだけど。

ただし、そこに状態変化を加えていくと、一気に消費魔力が二倍三倍へと軽く跳ね上がっていくらしい。水を氷にしてみたり、火を高温にして白くしてみたり、土や風を圧縮してみたりなんかが定番だね。

その上、それらを高速で飛ばそうと思えば、消費した魔力分に、距離、速度、質量などをさらに掛け算やら何やらしていくことになる。詳しいことはよくわかりません。

ついでにいうと、高度なことをする場合は形や動きをしっかりと細部まで頭でイメージできていないと簡単に手元で魔力が霧散するとのこと。それまでかけていたコストが一気にパーになるという鬼仕様だ。

結論、魔法攻撃は馬鹿らしい。

魔力と気合を込めて、物理で殴れが基本戦術だった。

「まあ、風は一番使い勝手がいいからの」

「器用な奴は、うまいことやって矢の命中精度高めるらしいぞ」

「獣人なんかは匂いをたどるのに使うとも言うのー」

「へー……てか、ちょっと……激しくなってきてないですか？」

「そうじゃのう……手合わせにしては熱がこもってきたのぅ」

「「………」」

軽い手合わせの予定が、どこぞのブートキャンプになり始めていた。こちらまで聞こえてくるようになってきた鬼軍曹ばりの罵倒と、それに応えるスラングな受け答え。二人とも見た目は底冷えするくらいの美人なので、より一層怖かった。

女二人の徐々に高まるボルテージと異様なテンションに止めに入っていけず、少し収まるまでと、お爺ちゃんズとビビりながら観戦していたのだが、二人はそのまま緩めることなく突っ切ってしまっていた。

その結果が、今目の前にある。

ルルさんは、原っぱの隅でうずくまり、女の子が出しちゃいけないものを口から出していた。

そのすぐ横には、一角族の女が心配そうに背中を撫でさすり、水の入ったコップを差し出していた（注：犯人はコイツです）。

「なんちゅうか……レン殿の部下は………剛気じゃのう」

「はっきり言ってもいいですよ」

「……どアホじゃ」

「……やりすぎじゃ」

「……脳筋すぎじゃ」

おっしゃる通りで何も言えません。

「まぁ……エルフの女も似たようなもんじゃがの」

「アイツら、負けん気が強いからのぅ」

「普段上品に堅苦しくやっとる分、色々溜め込んどるんじゃろう。一気に爆発するタイプじゃな」

「一緒に酒飲むのは勘弁してもらいたい種族ナンバーワンじゃな」

「「じゃな」」

その間ウチの阿呆な子はというと、ルルさんの介抱をしながら必死で何かを囁いている。どことなく怪しく思い、こっそり背後に近寄り聞き耳を立ててみた。

「あんな戦法で来られるとは思ってなかった」

「貴方のような戦士に出会えて良かった」

「本気を出さないと失礼だと思った」

「今日立ち会えたことは財産だ」などと、思いつく限りの甘い賛辞を並べ立て自己保身に走っていた。

対するルルさんは「おえっ」「うぷっ」としか返事ができていない。

そっと離れてしばらく待っていると、回復したルルさんが無理やりな笑顔で戻ってきた。

ただ、ガンジーやロッコと同じ顔色をしていたので、一角族にリナちゃんの所に連れて行くようにと、しっかりハッキリと命じておいた。

犯人は驚愕《きょうがく》を絵に描いたような表情で固まっていたが、自業自得すぎてフォローのしようがない。

二人揃って青白い顔をひっさげて、リナちゃんのいる衛兵隊詰所へとしょんぼり向かっていった。

思う存分怒られてきてください。

樹海の町の観光案内

一角族とルルさんの事件はとりあえず無かった事にして、せっかくなので樹海の町をお爺ちゃんズに案内することにした。案内するとはいっても、基本的には人外魔境呼ばわりされている、超が三つはつく程のド田舎だ。観光名所どころか大してガイドするところもない。

あそこに倒れているお酒の自動販売機は、ウチの酒乱モンテがガンジーに頼んでこじ開けさせたものなんですよー、とかいう余計なガイド説明は止めておこう。

あっ、あそこに放置されている軽トラは、車の運転に興味を持ったロッコがハンドルを破壊してしまったやつだ。懐かしいなあ、誰も住んでいない町中で交通事故起こしかけたのは今でも昨日の事のように思い出せる。助手席に座る俺に、もぎ取ったハンドルを手渡された時の絶望感は今でも忘れられない。道路をたまたま横切っていたガンジーに止めてもらえて本当に良かったと思う。

またある時、夜中定期的に何かを叩きつけるような音が町中に響いていた。さすがに気になって、モンテを連れて恐々と外へと見にいってみた。そこで目にしたものは、ガンジーが電柱相手に正拳突きを叩き込んでいる姿だった。話を聞いてみると拳を鍛えているらしい。感想は何も言わず家に戻ったが、しばらくテレビもつけずに居間で放心していた。ちなみに数日後、その電柱は倒れていた。それを今ちょうど跨いでいるところだった。

樹海の町での思い出の数々に想いを馳せていると、

「ぬぉおっ」

――ガスっ。

お爺ちゃん①の悲鳴と共に、近藤くんのお仲間が勢い余って三本角を樹に突き刺していた。

「お爺ちゃん……こういう蜜がありそうな立派な樹の間を通る時は、しっかり左右の確認して渡らないとダメでしょ？　それとちゃんと耳を澄まして。怖そうな虫の羽音が聞こえてきたら一時停止は基本ですからね？」

「え……悪いの、こっちかの？」

「交通ルールを守るのは自分のためですから」

「す、すまんの」

「じゃあ、ちゃんと抜いてあげましょうね。その子困ってますから」

「わかった。……よっと。………しかし、さすが魔境じゃな、こんな生き物見た事がないぞ。ちなみになんて生き物なんじゃ？」

「…………ビ、……ボーリングビートルですね」

「今考えたじゃろ？」


「おぉぉ！」

お爺ちゃん②の感嘆の声に振り向くと、樹々の間を指差して何か感動していた。

「お、おい、さっきそこでユニコーンのような美しい双角の生き物がおったぞい。ここにゃあ、あんな神秘的な生物までおるんかっ」

「あぁ、きっとホワイトディアですね。警戒心強いからあんまり人前に出る事はないんですけど、ツイてましたねー」

「そうかーすごいなー　美しかったのう、また見たいのぅ」

目を少年のように輝かせているお爺ちゃんを微笑ましく眺めていた。

——言えないな、イノシシ（豚肉）に飽きて作った鹿肉兼芝刈り機代わりだったとは。

まあ、大ヤギの群れがいるのがわかったので、未だに食べたことはないんだけど……、もし狩ることがあっても食材の名前は絶対に嘘つこうと心に決めた。

ついでに町中の緑小人たちと、畑の作物を巡って骨肉の争いを振り広げている事も黙っておこう。イメージを崩したらお爺ちゃんがかわいそうだしね。

——ピュウィピイッ。

指笛を鳴らす音が聞こえたので、そちらを振り向いてみると……お爺ちゃん③が塀によじ登って何かを見ていた。

「おう姉ちゃん、ええ乳はしとらんがケツはいい形しとるぞい。今度触らせてくれやあ、がはははは。嫁の貰い手がおらんのじゃったら、ワシっ——」

その瞬間、誰かの手が塀の上に伸びてきて、出歯亀じじいの髭を掴み塀の中へと引きずり込んだ。一瞬だけ見えたのは、それは美しい金糸のような髪質だったが、気のせいだろうか。

町中をぐるりと歩いてきた結果、いつの間にか衛兵隊詰所の前まで来ていた。ついでに言うと、詰所にいる小鬼族たちが愛用している、五右衛門風呂が置いてある場所だね。

——あれ、気持ちいいんだよね。俺もたまに使わせてもらっている。

「ぬぉおおっ　ちょっちょっと待てぇい。ひ、ヒゲはやめい、ドワーフの誇りじゃぞいっ」

「うるせぇっ、てめぇぶっ殺すぞっ」

「ひ、ひいぃぃぃぃ」

「ちょっと……何事ですか？　キャァァァア！　ルルさんダメっ、それはダメ！」

「……リナ殿、どうされた……ストップ、ストーーップ、エラいことになっとるぅっ」

「このクソジジイがぁああっ」

「ご、ごめんなさい。も、もうせんからぁああーー」

以前聞いた時は鈴のようだったドスの効いた声とジジイの哀れな悲鳴。駆けつけてきたリナちゃんの悲痛な叫び声。止めに入る一角族の女の声。塀の向こうがどんな事になっているのかは、知らない方がいいだろう。

ジジイのヒゲが燃える匂いに鼻を摘みながら、その日は家路についた。せめて夕飯は香りの良いものにしよう。

あと、近所にちょうどいい民家があったので、お爺ちゃんズはそこを工房に改造して鍛《か》冶《じ》業を始めてくれるらしい。やったね。

職人仕事

ドワーフ達の工房からはカンカンカンとリズミカルな音が響いている。

設備に必要な材料は自力で色々調達したり作成したらしく、今や立派な住居兼工房になっていた。

今はオーク達が持っていた武具を一度打ち直しているようだ。そのほかにも、各農家の使わなくなった農具などを見つけては新しい道具に変えている。樹海の町では刃物武器というのが足りていなかったので非常に助かっていた。実際、一角や小鬼族からの依頼で大忙しだとか。

特に矢の鏃《やじり》は、今まで単純に木を尖らせたものしかなかったので大人気商品だ。一応魔力を多めに込めると十分使えていたので問題はなかったらしいが、魔物相手にすると大分威力に差がでるらしい。

血脂での錆や、刃こぼれでボロボロだった長剣や短剣、長槍が生まれ変わっていくのを見ているのは実に気持ちが良い。使い物にならなさそうで倉庫に放り込んでいたのが一杯あったからね。

額に汗して真っ赤な鉄に槌《つち》を打ち下ろしている姿は、飛び散る火花の美しさと豪快な迫力も合わさり見ていて飽きなかった。実際、小鬼族の若い者には衛兵隊より鍛冶仕事を覚えたいという進路相談もきている。その件は、ただいまお爺ちゃんズを交えて相談中だ。

差し入れに持ってきたオニギリを頰張りながら、休憩中のお爺ちゃんズと談笑中。

「しっかし、なんじゃそのスコップは？」

「俺の専用武器だけど？」

「そりゃ知っとる。じゃが、その研ぎは雑すぎるじゃろうがっ　武器やったら武器でしかっと整備せんかい！」

ということで、俺のスコップもリニューアルしてもらえるらしい。

お礼にと、その日の晩にヤギ鍋を振る舞っていると、お爺ちゃんズの一人が「鉄鉱石が定期的に手に入るようになりゃあええんじゃがなぁ」と自家製果実酒を飲みながら残念そうに零していた。

やはり質の悪い鉄を使い回すのは、職人仕事として納得がいかないようだ。

「んーー、鉄鉱石が手に入るような場所はさすがに知らないですね」

「そらそうじゃろうなあ」

こんな話をしているのを聞いて、ガンジーとロッコが顔を見合わせていた。


数日後、岩人兄妹が俺へ鈍色の鉱石を一つずつ差し出してきた。見ただけで魔力がかなりの密度で凝縮されているのがわかる。

岩人が生まれる鉱石なの？　と聞いたところ、あれとはまた全然違うらしい。確かに魂力がほとんど感じられないね。

ガンジー曰く、これを土に埋めておけばこの鉱石に魔力がある限り、時間をかけて徐々に周囲の土が鉄鉱石を含んだ岩へと変わっていくようだ。

さっそくお爺ちゃんズの工房に持って行ってやると、小躍りしそうなほど喜んでいた。岩人の二人にひざまづく勢いだったので止めておいたが「精霊さまじゃ、精霊さまじゃ」と抱きついて二人のほっぺにチューしていた。二人とも本気で嫌そうだった。ヒゲがチクチクして痛いだろうしね。

爺さん達に埋める場所はできるだけ町から外れた場所をとお願いしておく。どれだけの量が取れるのかわからないが、鉱石の魔力量とガンジーとロッコの雰囲気を察する限り、相当なんだろうなとは予想できるからだ。

もし鉱石の魔力が切れたら、時間はかかるが新しく同じ鉱石を簡単に作れるようなので、無くなることは無いとのことだった。

何でそんなに協力的なのか不思議だったが、どうやら魔力をふんだんに含んだ石はこの上なく美味いらしい。「ほどほどにするようにね。樹海を石だらけにしちゃダメだよ」と言い含んでおく。


数週間後、良質な鉄鉱石が取れる採掘場が生まれたようだ。お爺ちゃんズはホクホク顔で定期的に採掘に赴いている。

ガンジー達もそれにちゃっかり付いて行っているのをよく見かける。その後ろにはなぜかモンテも付いて行っている。後ろをテクテク歩いていく様子はカルガモの親子のようだった。写メをパシャリと撮っておくのは忘れない。

獣人の子供①

ランバードグライダーで今日も遊覧飛行を楽しんでいると、さらに上空を旋回していた青鳶が並列して飛び始めた。

珍しいこともあるもんだと思っていると、こちらをジッと見つめてくる。そのまま着陸するまで、ゆったりと側を飛んでいた。

木の枝にとまりこちらを見つめている青鳶に「どうしたの？」と声をかけると、少し離れた木の枝へと飛び移っていった。『付いて来い』と言っているのだろう。着地点で合流した一角族を連れて後ろを追いかけて行った。

結局外縁部まで来てしまった。

ある一箇所を囲むようにほかの青鳶たちが枝に止まっている。そちらに向かっていると、遠巻きから眺めるようにマグイも三匹ほどこちらを見つめていた。

ポツポツと魔物たちの死体が周囲に散乱しているのを見る限り、どうやら狩りの最中だったようだ。彼らの仕事ぶりは凄まじく、胴体が引きちぎられている者、頭が噛み砕かれている者もいる。それを中断までして、何故かこちらをじっと観察している。

「……一体何なんでしょうな？」

「とりあえず、あそこに何かあるらしいね。行ってみようよ」

首を傾げる一角族と一緒に、青鳶たちの方へと進めていった。

俺を呼びに来た青鳶は、一本の樹の枝に止まってこちらを変わらず見つめている。近づいていくと、樹の根元に何か小さな生き物がうずくまっているのが見えた。

——獣人の子供だ！

獣耳と尻尾を生やした小さな子供が二人、体中に傷を負いながらも抱き合うように倒れていた。男の子と女の子、どちらも気を失っているようだった。

それにしても……ひどい格好だった。

頬がこけてやつれた体に、元の色がわからない位ドロドロになっている服。血や泥だけでなく、なんの汚れかわからないような物までこびりついている。

服からなのか、体からなのか周囲にはスエた匂いが充満していた。

違和感があるのは、やや年上に見える男の子が短剣を握りしめていることだろう。女の子の腰にはナイフが差してある。

とにかく、このまま放置しておくわけにも行かないので怪我の具合を診ていく。特に大きな怪我はないようだが早く家に連れて帰った方がいい。

マグイ達の方に目をやると、こちらを見た後これといったアクションも起こさず仲間の元へと戻っていった。好きにしていいということだろうか。

「知らせてくれてありがとう」

樹の枝に未だ止まっている青鳶に声をかけると、鳴き声を上げずに飛び去っていった。他の青鳶たちが飛び立つのも見送り、一角族と二人で手分けして子供たちを町へと運んでいった。


家に連れ帰ると、とにかくひどい異臭を放っている服だけは脱がし、寝巻きに着替えさせる。後はリナちゃんを呼んでおいた。ついでに詰所にいるであろうルルさんも。

身につけている服の素材から、地球にきたばかりという事はなさそうだったが、最悪日本語が通じないこともある。その事を考えてのことだったのだが…………駆けつけてきて、二人の顔を見るなり表情が曇ってしまっていた。

「どうしたんですか？」と確認すると、ドワーフたちを連れてくると走り去っていった。

リナちゃんと二人で首を傾げるが、今はこの子たちの傷の手当を優先しよう。ほとんどが切り傷や魔物の浅い噛み傷ぐらいではあったが、膿《う》んでいる箇所もあったので、しっかりと手当していった。

玄関の方から、ガヤガヤと声が聞こえてきたと思ったら、お爺ちゃんズも勢揃いで座敷へと入ってきた。子供達の顔を見るや、皆一様に渋い表情をしだす。たまに「……多分」「そうじゃと思う」的なことを口々に言い合っている。取り残された俺たちの視線に気づき、ルルさんが代表して教えてくれた。

「……多分なんですが、私たちと一緒に逃げてきた獣人夫妻の子供なんじゃないかと思います」

「休んどる時に、たまに子供二人の写真を見とったのを覚えとるしの」

「赤茶の毛色もそうじゃが、顔も似とると思う」

「お互い、血みどろでボロボロじゃったし、たまたま戦場で合流しただけじゃから確信はないがの……。ただ、この子らがそうじゃとしたら、樹海にたどり着いたのは偶然ではない気がするのう……」

「自衛隊に所属しているアルニア人の子供の環境ってどうなってるんですか？」

「アルニア人の孤児も含め自衛隊の施設に預けられとる。さすがに不遇に扱われとる印象もなかったし、そこまで監視もキツくなかったと思うぞい」

「なるほど……まあ後はこの子たちが目を覚ますのを待つしかないですね」


「皆さん、子供達が起きましたよー」

リナちゃんの間延びした声を聞いて、居間で寛いでいた面々が腰をあげる。

ガンジーとオセロ勝負していたお爺ちゃんが「んなっ、いま崩したの絶対わざとじゃろうっ！　勝っとったのに！」と怒っていたが、素知らぬ風にガンジーは去っていった。

座敷の方へとぞろぞろ入っていくと、明らかに警戒している男の子と不安そうにこちらを見ている女の子がいた。今は汚れているからだろうが、燻んだ赤毛につり上がった目の、さも気の強そうな男の子。襟足が微妙に伸びているのがヤンチャ感マックスだ。

同じ色合いの髪を肩まで伸ばして、パッチリした目を今は涙で潤ませている小さな女の子。男の子の後ろに隠れて怯えている。

どちらも耳をピンと立て、猫のような細長いシッポを垂らしているのを見て、初めて直に見る獣人に俺はやや感動を覚えてしまった。

同室にいたルルさんとリナちゃんが、二人で何とか宥めようと頑張っているが、睨みつけていて心を許さない。

その様子を見て、とりあえずアルニア人だけにしてあげようと、俺はリナちゃんを誘って退室した。

最初はなんとなく俺たちもしんみりしていたが、いつの間にか縁側で、モンテとガンジーの三人でリナちゃんの恋話を聞いていた。

最近、友達と好きな男の子が付き合い始めたそうだ。よく二人で樹海の奥に消えていく姿を見かけるのが辛いという、地味に重い話を聞いている。

——座敷の方から盛大な子供の泣き声と怒鳴り声、物が壊れる音が聞こえてきた。

こうなるという事は、やはり獣人夫妻の子供だったようだ。多分アルニアの言葉だろう、ルルさんやお爺ちゃんズの必死の説得が小一時間ばかり続いている。

徐々に静まりはじめ、女の子の愚図るような泣き声だけが聞こえていたが、突然ダダダダッと家の中を走る音と一緒に、ルルさんの誰かの名前を叫ぶ声が聞こえた。廊下をやや滑り気味に居間へと乱入してきたのは獣人の男の子だった。

真っ赤に泣きはらした目を俺に叩きつけ『ajvn;adfb;aobfn:avja;lm!!!』となにやら叫んでいる。

後から追いついたルルさんが、男の子を止めようと伸ばした手が空を切り、男の子が俺に飛びかかってきた。

が、間に入ったガンジーにラリアットで迎撃され、盛大に大の字に伸びている。

……流れ的に、俺が子供に殴られた方がよかったんじゃないかなーと、ちょっと罪悪感を感じている。ついでにルルさんが、ドラマチックに伸ばしている手をどう収めようか困っていた。


またまた気絶している男の子を座敷に運び、それを見てさらに怯えた女の子をルルさんに頼んでお風呂に入れてもらった。

やっぱり、こういう時は湯船に浸かって暖かくしてあげるのが一番だと思う。お腹減ってるだろうし食べる物でも作っておいてあげよう。

お風呂から上がってきても、未だ恐る恐る俺を見てくる女の子をちゃぶ台へと勧める。座らせるとすぐに、お粥とお味噌汁を出してあげた。

ろくに食事も取っていないのはわかったから、消化にいい物を用意してあげた。女の子の横にはルルさんがいて、優しく頭を撫でて面倒を見てあげている。

「いいよ、遠慮せずに食べな」

不安そうにこちらを見ているので、落ち着かせるように伝えると、こちらを伺いながら食べ始めた。そしてすぐに無心になって掻き込んでいった。

言葉は通じるのはもう確認済みだ。先ほどの少年は気が動転していたらしい。

どういう状況で親が亡くなり、どうやってルルさん達が助かったのかを聞き、なぜもっと早く救援に駆けつけてくれなかったのかと怒っていたようだ。

それも仕方がないだろう。男の子はヤーシャ、女の子はミーニャと言うらしい。

お爺ちゃんズに事情を教えてもらったが、ここに来るまでに中々大変な経験をしてきたようだった。

獣人の子供②

ヤーシャとミーニャの両親は、二人とも自衛隊所属のアルニア人部隊に配属されており、仕事で数日会えないことはザラにあった。

そのため、二人とも親の両方が任務の時は自衛隊施設に預けられることになる。今回もいつもと同じように出て行ったそうだ。

だが、任務に赴いた両親たちがいつまでも帰ってこなかった。

ニュースでは樹海周辺で、自衛隊による大規模な作戦が行われたことしか言われていない。

自衛隊の窓口に問い合わせても、ただいま安否を確認中だとしか返ってこない。一週間待っても同じ返答だったようだ。

しばらく後、同じ作戦に参加したアルニア人が入院しているという話を聞きつけ、病室へと行き、頼み込んで話しを聞くことができた。

曰く、ほとんどのアルニア人部隊は、魔物領域に取り残され生死不明とのこと。未だ帰ってきていないのなら生存は絶望的だと言われていた。そしてその時の状況も、ある程度ボカして教えてもらっていた。

両親はもう帰ってこない。作戦が決行されてからこれほど日数が立っているとなればもう間違いない。ヤーシャはその事実に打ちのめされていたが、妹のミーニャは違った。

両親は帰りが遅いだけだと思っている。何度か説明して、自分がいるから心配するなとも言ったけど、一向に聞き入れようとはしない。いつも親と一緒に遊んでいる施設内の中庭のベンチで座って待っている。雨の日も、少し離れた軒下からジッとベンチの方を見つめていた。

その姿が周囲からは痛々しく見られたようで腫れ物を扱うような態度を取られはじめた。それまではいつも一緒に遊んでいた友達も、徐々にいなくなり孤立していった。

ある時は、夜中施設を抜け出して両親と使っていた部屋へと忍び込んで一人で寝ていたらしい。

「何でそんな事したんだ？」と聞いてみたら「本当はこっそり帰って来てるんじゃないかと思った」と返された。

そんな妹の姿を見てヤーシャは決めた。魔物の領域とやらに行き、親の痕跡を探そうと。

そこで亡くなった遺品でもなんでも見つけなければ、妹はいつまででも待ち続ける。

親の部屋に置いてあった短剣とナイフを持ち出し、ミーニャへは用事で数日出かけるからと伝え置いた。

準備を整え、いざ施設を抜け出そうとしたところで、妹のミーニャに待ち伏せされていた。どれだけ説得しようともテコでも動かない。強引に置いていこうとすれば、気が狂ったように泣き喚いていた。何か察しているのだろう。

仕方がなく一緒に行くことにした。

猫系獣人種は俊敏さや隠れ潜むことがうまい種族だ。なんとかなるとタカをくくっていたらしい。

実際、都心部防衛ラインを出て行くことは簡単だった。あれは魔物や地方から無許可で入ってくる人間を厳重に警戒しているだけで、中から出て行く者はあまり気にしていない。

うまく目をかい潜り、都市郊外へと出て行った。

少し行けば魔物ともポツポツと出くわし始める。

ゴブリンやコボルト程度なら、見つかることなく問題なく切り抜けれている。何度かそんな場面を繰り返し、二人とも自信をつけていた。

ただ、そう思えたのは最初の一日目までだった。順調に樹海の方に向かっていったが、進めば進むほど魔物の密度が高まっていく。二日目以降からは明らかに厳しさを感じていた。いつの間にか、ほとんど先へは進めなくなっていく。

いくら何でも数が多ければ見つかってしまう。

ましてやコボルトはオークほどではないにしても鼻が効く。追いかけられ、襲いかかられることも当然あった。

それでも、猫系ならではの俊敏性や跳躍力を駆使してなんとか逃げ延びていく。

自分だけでなくミーニャもいるということで、極端に慎重に行動していたのが良かったのかもしれない。少しでもリスクのある方向へは決して動かない。危険だと思ったら何時間でも身を潜めていた。

ミーニャも危ないのはちゃんとわかっていたらしく、泣きたい時は必死で声を押し殺してくれていた。

ただ、逃げ回り続けたおかげで、自分たちの位置を見失ってしまうことになる。戻ることも進むこともできず、ただただ闇雲に魔物たちから身を隠し、廃墟に入り込み食料を漁る毎日。

その内、周囲には大規模な戦闘があった証拠か、もう人か魔物かはわからない腐肉がそこら中に転がりはじめていた。それらの耐えられないような悪臭も、自分たちを助けてくれた理由の一つなのかもしれない。

それと同時に魔物たちの密度も跳ね上がっていたが。

魔物の目を盗み、まだ辛うじて人だと分かる者の遺体を漁ることはしょっちゅうだった。

ポケットや荷物に、未開封の携帯食料を見つけることができると、喜んで二人で分けて食べる。

ミーニャと二人で一週間以上はそんな生活を続けていた。

ある日どこかのゴミ捨て場を漁っていると、不意に後ろから物音が聞こえてきた。

振り返れば、口から左右計六本の太すぎる牙を突き出している、クマのようにも見え、狼のようにも見える大型の魔獣がいる。

これまで、見たことも聞いたこともない生き物だった。

あまりの迫力に短剣を構える勇気もなく、腰を抜かして放心しているミーニャを抱きしめていると、自分たちの匂いを嗅ぎつけたのか偶然か、近くにオークが二匹やってきた。

その瞬間、目の前の大きな魔獣がオークへと躍りかかった。

その体躯からは考えられないような俊敏さで襲いかかり、腕を噛みちぎり、喉を食い破る。その魔獣の仲間も次から次へとやってきて、残りのオークのハラワタを競い合うように貪っている。

ヤーシャ達はそれを身動き一つせず、声もあげずに、金縛りにあったように見つめていた。

泣き出すことすら怖くてできなかった。

オークの肉をあらかた食い終わると、集まっていた魔獣たちが一匹また一匹と散らばっていく。その時に何匹かはこちらに近づき、ヤーシャ達の匂いを嗅ぐのだが、結局は何もせずに去っていった。

それからも、ちょくちょくとその魔獣を目にすることになる。

ゴブリン、コボルトは相手にもならず、オークはもちろん、時には数体の群れであのオーガすらも狩っていた。

そしてなぜか、ヤーシャ達には気づいても襲いかかってはこない。何度会っても。ならば、この魔獣達の多いところへ逃げようと思った。コイツらの縄張りにいればまだ安全だと。

魔獣の食い荒らした獲物はすぐにわかる。そしてこの魔獣の食い散らかした後には、他の魔物達が警戒してあまり寄り付かなかった。ミーニャと二人して必死に魔獣の痕跡を追っていく。

その結果、樹海へとたどり着いた。

あの魔獣達が出入りしているのを確認して、自分達も踏み込んでいったがすぐに気を失ってしまった。そして、気がつくとこの家に来ていたという。

ヤーシャは十一歳、ミーニャは七歳と聞いた。


ヤーシャが起きたらしく、ドワーフのお爺ちゃんが一人座敷へと向かっていった。

数分後、雷のような怒鳴り声と鈍い音が聞こえてきたと思ったら、子供の泣き声が響いてきた。

その後、また泣きはらした目とふて腐れた様子のヤーシャが居間へやってきて、俺に謝ってきた。そして「助けてくれてありがとう」と言ってくる。

かなり言わされている感はあったが、こんなもんだろう。

ミーニャと同じく風呂にいれさせ、食事を与える。

多少落ち着いた所で、犠牲になったアルニア人達を埋葬した場所へと連れていった。彼らの文化は土葬ということだったので、布に包んだまま埋めていた。

何か遺品になるようなものがあれば良かったのだが、酷い状態であったのでそのまま埋めてしまった。

一応他のアルニア人から聞いておいた、名前だけはわかるようにしてある。

その事を二人に詫びると「大丈夫」という短い返事があった。

遺品代わりと言ってはなんだが、緑小人達にそれぞれ違う花を植えさせている。ヤーシャ達のお父さんの花はスミレ色、お母さんの花はオレンジ色だった。

そのままアルニア人達を置いて、俺達は家へと戻っていった。

思春期対策

さてさて、ヤーシャとミーニャの獣人兄妹をウチで面倒みることになった。

まぁ、そらそうだろう。話を聞いていたら、今更都心部に無理して戻ったっていい事なんか一つもないようだし、獣人夫妻と過ごした時間は少なくても、戦友として特別な絆を感じているアルニア人達の側にいた方が何かと安心できるだろうしね。

ウチにはルルさんも居候しているし、見た目年齢の近いガンジーとロッコもいるのですぐに馴染めると思っていたのですが……。

庭先では、今日も元気にヤーシャが泣かされています。

いや、別にいじめられている訳ではない。

ガンジーに最初にラリアットで負けたことが悔しいのか、毎日のように突っかかっているのだ。

最初の頃は、ちょっとした保父さん気分で二人を窘《たしな》め、仲直りをさせようと涙ぐましい努力をしていた。一緒にトランプをやってみたり、吾郎ちゃんの背中に乗ってみたり、全長二メートルになっていたと噂の近藤くんを皆で探しにいったりと……それでも中々心を開いてくれない。

逆にミーニャちゃんは、素直で何をやっても目をキラキラさせて楽しんでくれる。特にモンテや緑小人にはぞっこんらしく、いつも誰かを追いかけ回して遊んでいた。そして、庭に小さな花壇を作って、お父さんとお母さんの花を緑小人達と仲良く育てている。

ただなぜかヤーシャは、いつも喧嘩のきっかけを探しているかのようにガンジーに絡んでいく。その様子を見ていると、将来の進路はヤのつく仕事しか思いつかないほどだ。

ガンジーはというと、基本的に無関心なのだが、それがヤーシャにとっては余計に腹がたつのだろう。相手にされないとわかると、すぐに手を出してくる。

そうきたら、ガンジーとしても軽く返すしか無くなるわけで……。んで、そのガンジーにとっての軽くというのは、そりゃもうどエラいもんで……そら、泣くわ。

――うぅん……どうしたものかねぇ、とりあえず一回ちゃんと話してみるか。


ということで、縁側にヤーシャを呼んで面談中です。

「ねえ、何でいっつもガンジーに絡んでんの？」

「アイツがスカしてっからだよっ。ぶん殴ってやろうと思ってんだよっ」

「…………そ、そんな事、しちゃダメなんだよぉ」

「うっせぇよ馬鹿っ!!」

以上。

ダメだ。大学デビューでミスるような俺に、多感な不良少年の心を解きほぐすなんてできない。ハードルが高すぎる。あと、馬鹿って言われて落ち込んだ。ミーニャちゃんとモンテが慰めてくれている。

庭の片隅で頭を抱えてウンウン唸っていると、側に控える一角族がちょっと笑って言葉を投げかけてきてくれた。

「私はむしろ好ましく思いますけどな。ヤーシャも男ですから」

「ガンジーに喧嘩で勝ちたいってことが？」

「ははは、あれほどあっさりとやられていれば、圧倒的な実力差はさすがにわかるでしょう。そうではなく、彼はきっと強さを学びたいのだと思いますよ。今後妹を守っていくためにも」

なるほど、ヤーシャも脳筋の類か。

じゃあ、とりあえず体を動かさせればいいんだろうか？……小鬼族や一角族の鍛錬は子供には厳しすぎるだろう？　うーん……どうしよう？

そんな時、口から「シュッシュッシュ」と音を出し、シャドーしながらロッコがジョギングを終えて帰ってきていた。……そのトレーニング、君に意味あるの？

でも、おかげで閃いた。

不良少年とボクシングといえば黄金パターンだ。これならば彼の餓狼のようなハートを満たすこともできるだろう。

すっごく嫌がるロッコに、必死に頼み込んでヤーシャにボクシングを教えてもらう事にした。ヤーシャもブスッとはしていたけど、しぶしぶ了承してくれた。やっぱり興味はあるらしい。

次の日からトレーニングが始まった。

某漫画を参考にして、基本はタイヤを引かせて走らせる。もちろんロッコを積載済みだ。ピクリとも動かずその日は終わる。

翌日、早速逃げようとしていたので、ランバードとロープで結んで町中をダッシュ。この時は意外に意欲的に頑張っていた。ランバードのクチバシと爪が良く宙を切っていた。

ヤーシャの強い要望により、ロッコとグローブを着けてのスパーリング。ロッコに関節極められ泣かされる。実戦はルールなんて関係ないという事を学べたかもしれない。

極め付けは体を横八の字にロールさせる奥義の伝授。個人的には一番気分が盛り上がった所だ。樹海にはクマが居なかったので、仕方なく吾郎ちゃんとタイマンはらせようとするが、近づいた瞬間尻尾で張り倒されていた。

などなど、ロッコと話し合い思いつく限りの効果的なトレーニングを試していく。町中探したが丸太を拳で打ち込める場所がなかったのは残念だった。

その結果、日に日にヤーシャの心根が真っ直ぐになっていくのを感じる。瞳の色も、以前のぎらついていた時期に比べると大分落ち着いてきた。少々ハイライトが消えすぎな気もするが…、あまり気にしないようにしよう。

「ヤーシャ、お前もそろそろ次のステージへと進む時期だろう?」

「……なんの事だよ」

「明日、ガンジーとリベンジマッチをしよう」

「…………」

「ははは、なんだ不安か？　大丈夫だ、今日までやってきた自分の努力を信じなさい」

「…………」

「大丈夫、負けたって失う物は何もないだろう？　それにその時はまたロッコといっぱいトレーニングすればいいじゃないか？　人生なんてトライ&エラーの繰り返しだぞ」

「……」


次の日、秒殺されて地面にうつ伏せで泣いているヤーシャに「この鬼畜がっ」「下衆野郎の極み」「脳みそ沸いてんじゃねえかっ」と散々罵倒されてしまった。

泣いて泣いて、泣き叫び、怨嗟《えんさ》の限りを俺にぶつけ（ちょっと傷ついた）、心の鬱憤《うっぷん》を全て吐き出したようなヤーシャを背負い、家路につく。

その時に前々から言いたかった事を口にしてみた。

「あのさあ……そんなに急いで強くなろうとしなくていいよ。もうちょっとゆっくり大人になってくれていいよ。ここにいる間は俺たちがちゃんと守るから……」

グスグスと背中でまだ泣いているヤーシャを背負い直し、良い話風に締めてその日は家に帰って行った。

側にいた一角族の視線が冷たいのは、気のせいだろうと思いたい。

獣人とランバード①

グゲーーーーッグゲゲゲッ！

居間でモンテとミーニャちゃんの三人でお昼の情報バラエティ番組を見ていると、納屋の方からけたたましいランバードの鳴き声が聞こえてきた。

すわ何事かと草履《ぞうり》をはき慌ただしく駆けつけた。

納屋の中にはイキリ立って威嚇状態の、ロッコのランバード《パピー》と、それを見て腰を抜かしているヤーシャがいた。

「どうどうどうどうどう、落ち着けー。ヨーシよしよしよしよし」

今にも鉤爪を振りかざし飛び掛かりそうになっているパピーを抱きしめながらタテガミや首周りを撫でさする。しばらくは気が立っていたが、モンテが背中に飛び乗り一緒になだめてくれたおかげで少しずつ落ち着いてきた。

納屋の隅の方で震えているヤーシャに目をやり、とりあえず外に連れ出し事情を聞いてみた。

どうやら、納屋で休んでいたランバードの背中に跨がろうしたらしい。まあ、子供らしいっちゃらしいけど、ちょっと今回の件は看過できない。ランバードは本来かなり気性の荒い生き物だ。本気で怒らせたら怪我じゃすまない。

「……ヤーシャ。気持ちはわかるけど、ランバードは本当に賢くて忠誠心の強い生き物なんだよ。ただでさえパートナー以外は無闇に乗せたがらないのに、休んでるところをいきなり乗ろうとするのはあまりに可哀想じゃないか？」

「………んな事言ったって皆乗ってんじゃんかっ　俺だってランバードに乗りてぇよ！パートナーにしか乗せねえっつうならあのランバード俺にくれよっ！　レンはもう持ってんじゃんっ」

「……ランバードは物じゃないよ。それにあの子はロッコのパートナーだ」

「なんでロッコが持ってて、俺にはくれないんだよ。ずりいよっ」

「だからそれは――」

「オイ」

声はいつも聞いてる可愛い女の子のものなんだが、今のは氷河期のような声色だった。

俺とヤーシャが恐る恐る振り返ると、そこには予想通り剣呑な目つきをしたロッコがいた。側にはパピーが控えている。

「な、なんだよっ?」

かろうじて粋がってはいるが、足が震えているのを俺は見逃さなかった。

「…………謝れ」

「うるせーー」

――ゴツン。

ヤーシャの反論が言い終わる前には、ロッコの拳がヤーシャの頭に叩き落とされていた。

もちろん俺ごときには止める暇もない。

庭に盛大にヤーシャの泣き声が響き渡った。

「こんにちわー」

頭にタンコブをこさえて目を真っ赤にしているヤーシャを連れて、衛兵隊詰所の側にあるランバード用の大きな納屋を訪ねていた。

納屋の裏手から出てきたのは、ランバード飼育の責任者になっている小鬼族のケイ君だった。

「あれ？　レンさんどうされましたー？　正一君なら今日は来てませんよ」

俺たちの顔を見るや和かに対応してくれるケイ君は、小鬼族たちの中でも優しくて穏やかな青年だ。特にランバードの逞しさと美しさにぞっこんで、自ら進んでランバードの世話を買ってでている。まあ、ちょっとだけ変わり物扱いされている子でもあった。

「ああ、いや。今日は正一の事じゃないんだよ。……実は、この子がランバードに憧れていてね」

そう言って、俺の後ろに隠れるように立っていたヤーシャを前に押し出した。その明らかに泣きはらした目を見て、なんとなく悟ったんだろう。

「ははーん、誰かのパートナーに無理に手を出そうとして、こっ酷《びど》くやられた口かな？」

面白がるように覗き込むケイ君から、気恥ずかしさからプイッと顔を背けている。

「んでさ、この子と気が合うようなランバードがいたらいいなとは思ったんだけど。……

俺たちの場合は雛の時から面倒見てたし、どうやったらランバードに認められるかがわかんないだよね」

「ん――なるほど。まあそらそうですよね、特にレンさんの場合はまた話が別ですしね。まあ……基本は〝仲良くなる〟ことですよ。ちょくちょく頻繁に遊びにきて、丁寧にブラッシングしてあげたり、マッサージしてあげたり、餌を採ってきてあげたりとかですかね？　特にこれをやったらというのはないですよね。気が合う子って自然とできちゃうもんですしねー。あっあと、雛から面倒みるっていうのは、正直あまりおすすめしてないですね」

「えっそうなの？」

「レンさんたちに雛渡した時って、わざわざ取りに来てもらったの覚えてませんか？　あれって、ぼくらじゃ雛に近づけなかったんですよ。親鳥たちがかなり気が立っていて。卵の時でも雛の時でも、常に親鳥が側にいますからよっぽど親鳥に信用されないと渡してもらえないんですよ。だから、レンさんたちが雛抱いた瞬間って皆ホッとしてたんですよ」

俺の知らない所でそんなドラマがあったんだねー。そりゃそうだよね、我が子の行く先に過敏になってしまうのは、どんな生き物の親でも一緒だね。

「ちなみにですけど、一角族の人たちは目と目を合わせて一時間以上じっと睨み合ってますね。……なんか早すぎてもダメ、遅すぎてもダメみたいで、正直何で仲良くなってるのかはよくわからないです」

まあ彼らはね、拳が礼儀の種族ですから。後ろに控える一角族はなぜか得意気だ。

——でもそうなると………。

「ケイ君、しばらくヤーシャを飼育員見習いとして使ってやってくれるかな？　この子、あんまりランバードの事理解していないし、丁度いいと思うんだよね」

「——ちょっと、レン勝手に決めんなよ。俺だっていろいろやること……」

「ん、特にないよね？　またイタズラしてロッコやガンジーに泣かされる前に色々勉強しとけって。それにランバードに認められたいんだろう？」

「……まあ、うん」

「て、ことでケイ君頼むよ。聞き分けなかったらゲンコツしていいから。ロッコやガンジーに殴られるよりは全然優しいと思うしね」

「ははは、わかりました。じゃあ、明日の明け方前からここにおいでね。よろしくヤーシャ」

「……うん。よろしく……お願いします」

渋々といった風に頷くヤーシャを見て、ケイ君と目を合わせてまた笑いあった。

獣人とランバード②

翌朝、レンにしっかりと起こされてランバード用の納屋まで歩いていった。正直スッゲー眠いし、ダルい。ランバードなんて一匹くれたらいい話じゃんか！

納屋の前につくと、作業着姿のケイさんがいた。

俺の姿を見て笑顔で子供サイズのツナギを渡された。木陰で着替えておいでと言われ、言う通りにした。

まず、最初にやることはランバードたちの納屋の掃除だった。

ケイさんが早く起きて採っておいた果物や野菜を外にある餌箱に置いておくと、納屋にいるランバードたちが目を覚まして外に出てくる。いつまでも寝ぼけて出てこない奴には、直接果物を目の前に持って行き優しく起こしてあげていた。

全員が外に出たら納屋に入って掃除するんだけど、これがまたすげえ臭いだった!!

ランバードの糞尿や、食べ残し、それに群がる石ダンゴもいた。獣人の鼻はこういう時本当に困る。他の人種にはわからない細かな匂いまで嗅ぎ分けるから、ひどい時には頭が痛くなるほどだ。

そう思っていると、ケイさんが布きれを渡してきてくれた。見るとケイさんも鼻から下を布で覆っている。

まずは糞尿やその他のゴミをひとまとまりにかき集める。まとまったら、今度は一輪車を持ってきてそこに積んでいく。納屋から少し外れた所には、膝上くらいの柵がある大きな穴があり、そこに荷台の中身を放り込む。底を見てみれば大量の石ダンゴたちが群がっていた。見るんじゃなかった……。

その作業を終わるまでずっと往復するんだけど、終わる頃にはとっくに外は明るくなっていた。

全部外に掃き出したら、今度はブラシを使って水洗い。ケイさんが水魔法を使って、俺は近くの井戸でバケツに水を貯めてきては納屋にぶちまける。今は風属性な自分が恨めしい。

——ハッ!! 風で匂いを外に押し出そう。

思いつき、すぐにやったらケイさんに大絶賛された、へへっ。

かなりマシにはなってきた納屋の中をケイさんと二人でゴシゴシゴシゴシ、デッキブラシをかけ続ける。ひたすらひたすらデッキブラシで掃除する。

やっと終わったと思ったら、太陽がもう真上に来そうになっていた。汗だくで納屋の壁にへたり込んでいると、ケイさんに連れられ井戸の側で思い切り水浴びをした。めちゃくちゃ気持ち良かった。

綺麗なタオルで体を拭き、縁側に座って涼んでいると、小鬼族のお姉さんがおにぎりと味噌汁、あとお肉や野菜をいっぱいお盆に乗せて持ってきてくれる。

そういえば朝から何も食べてない。掻き込むように食べる俺をケイさんたちは笑いながら見てくれていた。

いっぱい食べたあとは、和室でちょっとお昼寝休憩。日が少し傾き、涼しくなったところで仕事を再開する。

納屋の側にあるランバードたちの寝ワラを取りに行く。樹海で取れる細くて柔らかい草を干したものらしい。その束を荷車に積んで納屋の中に敷き詰めていった。それをまたひたすらリピートリピートリピート。

やっと終わったら、今度はランバードたちのブラッシングや爪の手入れをしてやっている。ケイさんにお世話されるランバードたちは皆気持ちよさそうに目を細めていた。俺もやってみようとブラシをかけてみると直ぐに嫌がられる。……なんでだよ⁉

ケイさん曰く、力加減やブラシの向きが悪かったらしい。「しばらくは見て覚えてね」

と言われた。

最後には、また餌箱に大量の新鮮な野菜と果物を用意してその日は終了。

「はい、今日はここまでね。お疲れ様でした」

「……………プゥウウーー。づかれだーーーー」

汚れるのも気にせずに、大の字になって倒れこんだ俺をケイさんは笑いながら見てくれている。なんかケイさんがランバードに好かれる理由がわかる。この日は安心できるんだ。

「ねえ、明日も同じ?」

「うん、同じ。慣れてくれたらもっと一杯仕事任せるからねー」

「えーーー、もう十分だよー」

「ははは、すぐ慣れるよ。それにランバードからもね」

「……………本当?」

「本当。自分のこと大事にしてくれる人が好きなのは、どんな生き物も同じだよ」

「んーーーー、じゃあがんばる」

「うん。頑張ろうね」

獣人とランバード③

それから毎日納屋へ通った。

ケイさんの言っていた通り、少しずつランバードたちは俺が納屋を出入りすることを認めてくれたような気がする。

俺自身、それぞれのランバードたちの個性というか、性格をつかめるようにもなっていた。

あの子は寝坊助だけど、無理に起こしたらすごい機嫌が悪くなる。あの子とあの子は番で、下手に他のランバードが近づくと喧嘩になる。

任される仕事も増えてきた。

最初は巣の掃除と寝わらの敷き詰めだったのが、今ではブラッシングもやらせてもらっている。

この子のブラッシングの場合は固めのブラシを、この子は柔らかめ。この子はここを重点的にと、細かく好みを教えてもらいながらやるのは楽しかった。だってそれだけランバードたちが、スゲー気持ちよさげにしてくれるから。

今度は爪の手入れの仕方も教えてくれるって言ってた。あれは危ないからかなり慎重にやらないといけないんだって。

ケイさんと一緒に仕事をこなしながら、少しずつ世話にも慣れてきて、ランバードたちと仲良くなれている実感もあった。順調だった。

だからだろう。少しだけ油断してしまったんだ。ランバードはきっと怒らないって、俺の言うことは聞いてくれるって。


その日、ケイさんと納屋の掃除を始める前に、どうしても外に出て行かないランバードがいた。いつもはそんな愚図るようなヤツじゃないのに、どうしたんだろう?

ケイさんは外で、他のランバードたちに果物を食べさせている。放っておくと、取り合いで喧嘩をすることもあるからな。

——たしかコイツはこの野菜が好物だったはずだな。

いつもやっているように、目の前まで持って行き食べさせようとすると、突然立ち上がり激しく嘴で突くような仕草をしてくる。

そんな反応をされるとは思ってもいなかったので驚いたけど、そいつの足元に卵を見つけた。

「あ」

初めて見るランバードの卵、嬉しくなってつい駆け寄ろうとした瞬間――

グゲーーーッ！

と激しく飛び掛かられそうになった。

とっさに出た俺の悲鳴を聞きつけて、ケイさんが走り込んで来る。ランバードの足元の卵を見つけ、全て理解したようだ。

「ごめん、悪かった。お前の卵を傷つけようなんて思ってないんだよ。これ以上は絶対に近づかない。頼むから怒りを鎮めてくれ。この子も俺も何もしないから……頼む」

俺を体ごとかばうように立ち、両手のひらを相手に向け必死に謝るケイさんの姿を、混乱した頭で眺めていた。

気を荒げたまま卵の上に座り直したランバードを刺激しないように、ケイさんに腕を掴まれ、そっと納屋の外へ出て行く。

「ふぅぅ、危なかったね。卵や雛を育てている最中は本当に危険だから、迂闊に近づいちゃダメだよ。……でも、こちらを警告するためにも、襲おうとする前に卵を見せてくれなかった?」

「………見せてくれたと思う。でも、とっさに近づいちゃって………初めて見たから嬉しくて……」

「………それでかあ。それはヤーシャが悪いよね」

「うん、ごめんなさい」

「僕にじゃなく、落ち着いたらあの親鳥にちゃんと謝んな。さっきはごめんってね」

「………うん、わかった」

その日は気が動転していたこともあり、そのまま帰らせてもらった。


次の日の朝、いつも通りに納屋の前に行くとケイさんと一緒に作業を始めた。

いつも通り、外に餌箱を準備してランバード達が喧嘩しないように気をつけながら食べさせる。それが終わると納屋の中に入り掃除をするんだけど、ケイさんに連れられてそっと入って行った。

昨日と変わらない場所で卵を守る親鳥、こちらを睨みつけるように見てきている。

「昨日のこともあるし、二人で近づくとより警戒されるかもしれないから、一人で行って

謝ってきな。ここで見てるから」

そう言ってケイさんに行かされるけど、正直言って昨日のケイさんのように謝るのはちょっと恥ずかしい。だってあんなの……怖い人に対して必死で謝っているみたいだったし、ランバードに対して真面目に話しかけるのはちょっと馬鹿らしい。

そう思いながら、少し離れた目の前まで行き口を開く。

「あー、昨日はーなんかー」

「――危ないっ」

親鳥が立ち上がり鉤爪を振りかざしていた。

横からケイさんに飛びつかれ、そのまま転がるように納屋の外へと走り出た。


息を荒げているケイさんに、がっしりと両腕を掴まれて問い詰められる。

「何だったんだ、あの態度はっ！　ちゃんと謝れと言ったろうっ！　卵を守る親鳥が一番危険だって何度も言ってるだろう!!」

これまでケイさんが、ここまで声を荒げるのは見たことがない。

「い、いや……だって」

「だって何だ？」

「……だって、ランバードだよ？　人じゃないんだし――」

「――それ以上先を口にしないでくれ。今この場で、僕らの前でその言葉を口にするな。もしするなら、君を二度と納屋へは近づけさせない。何度も教えたはずだ、ランバードは僕らの言葉をしっかりと理解してるって」

「……そんな事――」

ケイさんの目を見て口を噤んだ。

それからはケイさんが額に手を当てて何かを考え込んでいた。俺は何も言えず、ケイさんに何を言われるのかを待っている状態だった。

その時、ケイさんがパッと顔をあげ一点を見つめ始めた。そして僕を見て何かを決意したように「ちょっと待ってて」と言い残し、詰所の中へと入って行った。

すぐに出てきたケイさんの手には騎兵隊が使う杖と鳥具が握られていた。納屋の側にある、ランバード達がのんびりしている原っぱに向かって叫ぶ。

「ラルクッ！！」

そして、甲高い指笛を鳴らし少し待っていると、軽やかに一頭のランバードが現れた。

ケイさんは即座に鳥具を付け跨り、僕の前へと手を差し伸べる。

「ヤーシャ、君の安全は僕が保証する。一緒においで」

「……え、いいの？　ランバードに乗っても？」

「僕のパートナーのラルクだ。一緒なら大丈夫だよ。ほら、早く。ヤーシャに見せたいものがあるんだ」

そう言って、いつものあの安心させてくれる笑顔を向けてくれていた。

手を掴むとふわりと持ち上げられ、いつの間にかケイさんの前に座っていた。後ろから手が回ってきて、ロープで二人の体を固定する。

「鞍の部分をしっかり持っててね。あと口は閉めて、舌を噛むからね」

俺の返事を待つ前に、ランバードは走り出した。

獣人とランバード④

初めてだった。

今までランバードが軽やかに走り去るところを見ていたけれど、それを鞍の上から見るのは……。

景色が流れるように過ぎ去っていく。

大きな岩や、木の根っこなんかをほとんど衝撃も感じさせずに飛び越えていく。

――凄いっ！　ランバードってこんなに早かったんだ！

そう思っていると、俺たちが走っている目の前の上空から、いくつものランバードに乗った人影が降りてきて合流しはじめた。

――レン達だ！

レンに加えて、一角族のゴツいにいちゃん達、それにガンジーとロッコまでもがそれぞれランバードに乗って駆けている。

その時点で気がついた。魔物の襲撃だ。その援軍に向かってるんだ。

そう思ったら、俺の頭にケイさんの手が載せられていた。見上げると「飛ばすよ」とボソリと呟いた。

――え⁉　今まで飛ばしてなかったの？

瞬間、体が宙に浮いているような感覚になる。まるで体重がなくなったような感覚。

いつの間にか視界に映っていたレン達の姿が、横向きになったり、上下に左右になったりと一瞬で位置が入れ替わり、入り乱れるように動き回っている。

いや、レン達が動いてるだけじゃない。俺たちが動き回ってるんだ。

ラルクが羽を広げるたびに、景色が一変する。

最初は道路の上を飛び跳ねながら走っていたはずなのに、今は巨木の枝から枝へと、フワリと無重力状態で飛び移っていく。建物の上を音も立てずに走っていると思えば、空間を貫くように羽を広げ滑空している。太い木の幹、突き出した枝、障害物、それらを紙一重で当たり前のように避けていく。

あまりの風圧で横を向く事すらできないけれど、流れるように見えていた景色が、今や色付きの線にしか見えていない。

それでもさらに縦横無尽に、衝撃もなく駆け続けているため、目の前の色さえも混ざり合っていく気がしていた。

それは……水の中を泳ぐ魚の気分だった。

――何……コレ……。

訳がわからない、わからないけど……ただ……ただ凄かった。

その目に映るもの、感覚に完全に心を奪われていた。瞬きするのを忘れていた。いつまでもその世界に溶けていたかった。

気がつくと、徐々に景色が通常に戻ってきていた。

知らず知らずのうちに呼吸が荒くなってた。ドキドキが止まらない。

頭上からケイさんが覗き込んできて「大丈夫?」と心配してくれている。返事が出来なかったので頷くと「じゃあ、ちゃんと見てて、大事な事だから」。

そう言って指差した先では、オーク達との戦闘が始まっていた。


以前、両親から聞いていたオーク。

人種と同じ装備を使い、知能も高く必ず数体一組で行動している。

熊獣人なみの体躯と膂力、分厚い脂肪は天然の鎧、その上凄まじいまでの嗅覚を備えており、一度補足されたら足が砕けるまで走って逃げろと教えられていた。

その恐ろしい魔物の代表格、オークの十匹近い群れがまるで相手になっていなかった。

まず最初、先行して足止めしていた騎兵隊の人たちが、タイミングを合わせたように散らばった。そう思ったら、ガンジーとロッコのミサイルのような突貫で、オーク二匹がきりもみ状に吹っ飛んでいった。

続いてレン達が到着したの見つけて、群がってきたオークたちを一角族の二人が余裕で受け止めてさばいている。

その重心、バランス、一歩も下がらない強い気持ちと力。手放しでランバードに乗っているのに、一角族の心と合わさっているような動きだった。

一角族の戦い振りに戸惑うオークがいれば、それまで軽快に相手との間を外して避けていたレンが、瞬時にオークの側を駆け抜けていく。

目で追えなくなるような緩急の速度の後には、地面にボトリと落ちるオークの首と、血を吹き出し糸の切れた人形のように倒れこむ大きな体があった。

騎兵隊の小鬼族達も、その長く太い杖を上手に操り、仲間とのチームプレイとランバードと一体化したような動きでオークを狩りとっていく。

その後も、ガンジーにぶっ飛ばされるヤツ、一角族にズッパリと切られるヤツ、騎兵隊に小突きまわされるヤツ、オークが可哀想に見えるような圧倒的な戦いだった。

呆然とその光景を見ていると、いつの間にか俺たちの側にはレンとロッコがいてくれていた。オークが近づかないようにしてくれていた。

頭に感じる暖かい感触。

見上げると、手を置いたケイさんが優しい笑顔でコチラを見つめていた。

戦闘が完全に終わると、レン達にお礼を言って先に帰っていく。

行きのようなものすごいスピードという訳じゃなく、ゆるやかにランバードの乗り心地を楽しむような走りだった。

ケイさんに後ろから腕をまわされ、流れ行く景色を目にしながら、涙が溢れていた。

——俺……バカだったな……。

ランバードの賢さと強さ、乗り手たちとの信頼関係の深さ、そしてそれに全然気づいていなかった自分が情けなかった。

あのランバード達をただの鳥と思って、見下していたことが恥ずかしかった。

彼らは、ちゃんと乗り手を理解してた。その能力に癖、性格、気持ち、その上で全力で力を貸してくれている。

まぎれもなくパートナーだった。

詰所に着いた瞬間、ロープを外して飛び降りた。

納屋に駆け込み、親鳥の目を見て必死で謝った。攻撃されることも覚悟して謝った。最初は襲いかかられそうだったけど、それでも謝った。

「卵に無神経に近づこうとしてごめんなさい」

「バカにした態度でごめんなさい」

「ちゃんと謝らなくてごめんなさい」

何度も何度も声に出して謝った。次第に……威嚇されることはなくなっていった。

納屋の外へ出ると、ケイさんとラルクが優しく抱きしめて迎えてくれた。


「――という事があったんですよ」

「なるほどねぇ……」

今は縁側でケイ君とオセロを打っている。

モンテは相変わらずの大仏さまスタイルだ。ミーニャちゃんはそれを飽きもせずにニコニコと眺めている。

「しかし、それでもヤーシャは気の毒だったねー、ランバードデビューがケイ君とラルクの鞍の上とか……」

ケイ君といえば、小鬼族きってのランバード狂い……もとい、ランバード愛好家。

ケイ君といえば、樹海の町きっての走り屋でスピード狂。

彼の休日は、樹海の奥地をいかに鋭く縫い走れるか、いかに直線でぶっちぎれるか、いかにギリギリのコーナーリングを攻められるか、どれだけ鋭くキレのある滑空ができるのか。ミリ単位での重心移動、コンマ何秒のせめぎ合い。

彼は一体何と戦っているのだろうか？

ランバード乗りの間では、ケイ君の走りはもはや変質的、ただの変態として有名だった。

もちろんその相棒ラルクも同じ扱いである。

この前のオーク戦だって、俺らが合流してすぐに弾丸のような速さで消えて行った。

そして、なぜか鞍の上に縛り付けられていたヤーシャに、俺は心の中で合掌していた。

「ちゃんと加減はしてましたよ？」

上目遣いで伺うように言い訳してくる、町一番の変態走り屋。

「どうだかね？　見ていたかぎり、やたらと立体駆動が多かった気がするけど……」

「気のせいです」

目を見ずピシャリと否定された。

「で、その後は？」

「それはもう、人が変わったようにランバード達に接していましたよ。彼の仕事振りには深いランバード愛を感じました。ヤーシャもこれで立派なランバード愛好家ですね」

「……ちょっと」

「…………一般的なレベルでの、ランバード愛ですよ。…………今はね」

最後の言葉だけは聞かなかったことにしよう。

「それで、その結果が……アレなワケだ」

「はい。アレなワケです」

和やかに微笑む彼の視線の先には、綿あめのような雛と嬉しそうに一緒に駆け回る、ヤーシャの姿があった。

番外編　お婆ちゃんの願い

シンっと静まり返っていた。誰もが呼吸の音すら押さえ込み、無駄に動くことを極限までしぼり、場を静寂に包み込ませていた。誰もが一点を凝視して、今か今かとその時を待っていた。

縁側には四十二インチのやや大きめの液晶テレビを持ち出し、近所から拝借してきた古ぼけて大きなスピーカーを両サイドに設置してある。

そう、今日は月に一度のシネマデイだ。

「――じゃからっ、今月は『な○わ金融道』じゃと言うとろうがっ」

「待てイゴ、それはちと古い。ここは若モンのことを考えてじゃ、『ウシジマの旦那』が良いと思うぞい」

「それはこの前テレビでやってただろう？　まあ確かに面白くはあったが子供には不向きだ。ここは万人が楽しめるような作品を――」

「嫌だよぉー、そう言って先月は『きみに読む○○』とかだったじゃんかっ、あんなの女しか見たがらねえよっ、ルルさんずりいよー」

「な、ズルイとは心外だぞ？　ヤーシャは単にアニメが観たいだけだろう？　それに前回は男性陣も面白かったと言っていたじゃないか？」

「ありゃぁ、女の手前そう言うとっただけじゃ。面白い言うとったのはカップルだけじゃったろうが」

「えー、そんなことないですよぉ」「「ねー」」

イゴさんの鋭いツッコミに、ルルさんとリナちゃんが声を合わせて不満げだ。

ちなみに先ほどから静かなウゴールさんだが、Tシャツの前が妙に膨らんでいて何かを隠し持っていることがモロバレだ。俺に対してしきりにニヤけたアイコンタクトを送ってきているのがかなり気になる。あのエロじじい、押し入れから一体何を探し当てやがったんだっ!!

「僕はこの前レンさんの部屋で見つけた『頭文字〇　劇場版』なんかがいいと思うけどなぁ……」

ケイ君、いつの間に……、君は手遅れとしてヤーシャの教育上宜しくないと思ってわざわざ隠してたのにっ！　じじいと言い、変態と言い、そろそろ本気で自分の部屋の施錠を考えた方がいいかもしれない。

「ふむ、ではここは間をとって『酔〇』ではどうですかな？　鍛錬方法の勉強には最適かと……」

「「――脳筋一族は入ってくるなっ!!」」


ここ最近、必ずと言っていいほど熱を帯びる映画の作品選び、あまりにリクエストが複雑化してきたために『ガーデンシネマ運営委員会』という名前だけは立派な組織を発足した。

最初の頃は皆観たことがない作品ばかりだった事もあり、何を上映しても不平不満は飛び出さなかったが、ＤＶＤコレクションの数にも限りがある。もう一巡くらいはしてしまっていた。各家庭から見つけた物も頂戴してはいるのだが、いずれどこかで大量に仕入れる必要がある……。

なんせこのシネマデイ、今では樹海の町の一大イベントと化しているのだ。

最初は俺が小鬼族や岩人兄妹の教育用にと観始めただけだったのだが、ただでさえ娯楽に乏しい樹海の町ではこれが大好評だった。噂が一気に広まり、大人たちまでもが絶対に参加したがるようになっていた。人が増えていくにしたがい準備も大仰になり、結局は月に一度とペースが決まってしまった。

正直、三種の神器とまで言われていた文明の利器の魅力を侮っていた……。

居間のちゃぶ台を挟んで激しく議論が交わされている中、庭先では着々と準備が進められている。

即席のベンチが備え付けられ、その周囲ではバーベキューやヤギ鍋をするための準備や、料理担当によるつまみの下拵《したごしら》えなどが始まっていた。その周囲では良い匂いに連れられてやってきた小鬼族、一角族の子供達に加えて、ヤーシャのランバード『フォア』までもが背中の羽毛に緑小人達を乗せて集《つど》ってきている。一時的に庭先から追い出された吾郎ちゃんファミリーも首を伸ばして塀の上から鼻をヒクつかせていた。

それはまるでお祭りのような体を成し始めていた。

この日ばかりは子供達も夜遅くまで起きることを親から許されるため、子供達は朝から大はしゃぎだ。いつもとは違う町の雰囲気に、子供も大人も皆一様に気分が高揚していた。

「なにをぉ、エロじじいとはなんじゃいっ」

「お、おい、待て止めろ、暴れると――」

――ガシャンッ。

一瞬で場が静寂に包まれた。

イベントの準備をしていた者たちも、庭先で遊んでいた子達も、本能的に悟ったようだ。

『『今の音はヤバイ』』

音の発生源である居間へと目を向けると、服の前をしっかりと押さえたウゴールさんと、それを暴きだそうとしているヤーシャ、そしてそんな二人を取り押さえようとして固まってしまっている面々がいた。

肝心のテレビは、盛大に台から滑り落ちて沈黙していた。


「レンどの…………どうじゃ？　直るかいのぉ？」

心配そうに尋ねてくるイゴールさんにテレビの裏から無言で首を振った。

「ちょっとダメそうですね……、原因もわかりませんし」

「そうかぁ……」

テレビが機嫌を損ねて、ウンともスンとも言わなくなって一時間以上は経っていた。

その頃には周囲が夕焼け色に染まり始め、イベントの準備も一通り終わっていた。あとはテレビの登場を待つのみなのだが、これがどうにも上手くいかない。

パソコンで代用しようとも考えたのだが、これだけの人数が集まると十五インチのノートPCでは小さすぎる。近所の家に残っているテレビはどれも小さかったり、壊れていたりと役には立ちそうにない。町中探せばちょうど良いのが見つかるとは思うが、それはちょっと時間がかかりすぎるしなぁ。


それからさらに時間を忘れ、取り扱い説明書とテレビを交互に眺めている。

額に浮かんだ汗を拭いていると、不意に頬にひんやりとした物を押し付けられた。

「うわぁ!!」

横を見ると、氷を入れてよく冷えた果実酒を二つ手に持ったルルさんが、ニコニコと立っていた。

「あまり根を詰めすぎませんようにね。一緒に一息つきませんか?」

「いやぁ、でも皆待ってると思うし……」

「ふふ、庭を見てみますか?」

そう言って少し笑うルルさんに促され、庭先へと目を向けると………皆が思い思いにお祭りを楽しんでいた。

大人たちはお酒を片手に語りあう。それぞれの屋台に用意された焼き鳥にヤギ鍋、BBQをつまみとして、普段はあまり付き合いのない者同士も楽しげに笑っていた。

吾郎ちゃんの背中によじ登りはしゃぐ子供達、フォアの綿あめ状の羽毛に順番に抱きついては黄色い声をあげる女性たち、子供達を相手に相撲をとるドワーフ、普段少し気になっていた相手に思い切って声をかけている若者。一角族に肩車されている獣人兄妹。それらを見て楽しげに体をゆらすトレント爺さんに緑小人達。隅ではランバードたちが重なり合うように寝そべっている。

庭の所々に設置された篝火《かがりび》が、そんな場面を揺らめきながら彩っていた。

「すいません、いつの間にかお祭りが始まっちゃいました」

申し訳なさげに謝ってくるルルさんを見てハッとする。一緒に庭先へと降りていきながら話している。

「いやいやいや、全然いいんですよっ。皆が楽しければそれで…………」

「人がおって、そこに酒がありゃあ勝手に盛り上がるもんじゃ。テレビの事は悪かったのぉ、明日ワシも見てみるしの。今はレン殿、共に飲もうぞいっ。がははは」

果実酒片手に、すでに出来上がり始めているイゴールさんが豪快に背中を叩いていった。

「人が居て……か……」

大草原

「レン兄ちゃんルル姉ちゃん、ヤーシャがねぇ、フォアを抱っこさせてくれないのー。ねーねーミーニャもフォア抱っこしたいー!!」

その場に佇んでいた俺の足へと、半べそ状態のミーニャちゃんが抱きついてきた。その頭にはモンテがプンスカという感じで座っている。

「もう、またヤーシャはミーニャちゃんに意地悪してぇ、レン殿からも一度きつく言ってあげてください」

ルルさんがしゃがみ込み、そんなミーニャちゃんの頭を慰めるように撫でていると、

「レン兄ちゃん？　嬉しいの？　悲しいの？　なんで？」

「レン殿、どうされたんですか？」

俺の表情を見て、二人が戸惑っていた。

少しだけ感情が表に出てしまっていたようだ。不意を突かれて油断したなぁ。

「あぁ、ごめん。悲しいわけじゃないんだよ。ただ、ちょっと……こういう光景をお婆ちゃんに見せたかったなぁと思ってね……ちょっとだけ、本当に少しだけしんみりしちゃってたんだよ」

「お婆様ですか……、確か女手一つでレン殿を育てられた立派な方だったとか……」

「ははは、立派かどうかはわからないけどね。でも愛情深く、大事に育ててくれたよ。本

当に、最後まで俺のことを心配しながら逝ってくれた。とても……大切な人だったんだ。そのお婆ちゃんが、いつも見たがっていたのはこういう場面なんだろうなぁ、と思ってさ……………ついね」

「そうですかぁ……」

穏やかにこちらを見つめてくるルルさんに笑い返し、未だに心配気に見上げてくるミーニャちゃんをモンテごと抱き上げた。

「よし、一緒にフォアを触らせてもらいに行こうか？　ついでに正一にも乗せてあげるよ」

「うん！　やったぁ!!」

その時——

——ブゥンっとテレビの画面が点くかすかな音が聞こえてきた。

とっさに振り返ると、テレビのリモコンを持ったガンジーとその横に行儀よく座るロッコの姿があった。

「えっ！　直したの!?」

驚きからそう声をかけると、二人とも無言で首を横に振っていた。そしてぼつりとこう言った。

「電源、ちょっと抜けてた、よ？」

あとがき

この度は『大学デビューに失敗したぼっち、魔境に生息す。』を購入していただき、有難うございます。

ご存知の方もいるかとは思いますが、『小説家になろう』にて投稿している作品です。

勢いと妄想に任せて好き勝手に書き殴っていた物語がこうして書籍化になろうとは、当初夢にも思っていませんでした。

更新するごとに増えていく暖かな感想と評価点、ブクマ数。それらを信じられない思いで眺めていたのを覚えています。

ランキングに掲載された時には、思わずスクショしてしまいました。もちろん今でも大事にとってあります（笑）。

イラストを描いて頂いた、よー清水様、自分のイメージしていた映像がさらに洗練されて飛び出してきたかのような素敵な出来栄えに、大変感動しています。キャラデザが届くのが楽しみで仕方ありませんでした。

担当のＮ様、ＰＤＦすら使えなかった私に（笑）、丁寧に指導して頂き本当に有難うございます。

電話越しに言われた「二人で良い作品を作っていきましょう」との言葉、今でもしっかりと覚えています。

そして、なろうにて応援してくださっている読者様方。皆さんの嬉しい言葉が、すべての原動力になっています。

本作品を楽しんでもらえること、心よりお祈り申し上げます。

どうか、心に残る作品でありますように。

大学デビューに失敗したぼっち、魔境に生息す。
2
睦月
イラスト◆よー清水
2018年発売予定!

魔境はさらに
進化する――
吾郎ちゃんや
近藤くんもさらに成長！
きゃっきゃ
うふふ♪

予告

「小説家になろう」の人気作による

最強男祭り!

ゼロ能力者の英雄伝説

～最強スキルはセーブ&ロード～

著者：東国不動　イラスト：こちも

新作
天然ジゴロご主人様ハード
10月10日一挙発売！
チートを作れるのは俺だけ
～無能力だけど世界最強～
著者：三木なずな　イラスト：黒野菜

少しは成長した
第一部 兵士の娘
第二部 神殿の巫女見習い

…かな？
第三部 領主の養女
空白の2年間を経て、
ついに目覚めたローゼマイン。
新章の舞台は貴族の学校！
本好きの
下剋上
司書になるためには
手段を選んでいられません
第四部 貴族院の
自称図書委員Ⅰ
香月美夜
miya kazuki
イラスト：椎名 優
you shiina
寝すぎて、う、うごけない…
2017年
12月9日
「ふぁんぶっく2」
と2冊同時
発売！
第2回
「集まれ！本好き！」
人気キャラクター
投票 公式HPにて開催中！
（2017年9月8日～10月9日）
わたし、今度こそ1位!?
TOブックス・オンラインストア
にて予約受付中！
詳しくは「本好きの下剋上」公式HPへ！
http://www.tobooks.jp/booklove

祝「本好きの下剋上」3周年！
本好きの下剋上　ふぁんぶっく
単行本未収録キャラクター設定資料集ほか、
香月美夜先生、椎名優先生、鈴華先生の豪華
書き下ろし収録!!
体裁：B5サイズ　頁数：64頁　定価：1,500円(税抜)
ローゼマイン工房紋章キーホルダー
香月美夜先生自らデザインを考案！　重厚な
金属製がお洒落！
仕様：ストラップ付き／金属製　色：ニッケル
サイズ：3 cm × 3 cm の円形　定価：600 円(税抜)
好評発売中！
が
詳しくは「本好きの下剋上」特設サイトへ！
http://www.tobooks.jp/booklove/

TOブックス・
オンラインストア
限定企画
続々登場!

大学デビューに失敗したぼっち、魔境に生息す。

2017年10月1日　第1刷発行

著　者　睦月

発行者　本田武市

発行所　TOブックス
〒150-0045
東京都渋谷区神泉町18-8　松濤ハイツ2F
TEL 03-6452-5766（編集）
　　0120-933-772（営業フリーダイヤル）
FAX 03-6452-5680
ホームページ　http://www.tobooks.jp
メール　info@tobooks.jp

印刷・製本　中央精版印刷株式会社

ISBN978-4-86472-611-5